POR ORDEM DOS PEAKY BLINDERS

POR ORDEM DOS PEAKY BLINDERS

Por
Matt Allen

Introdução por
Steven Knight

Tradução por
Érico Assis

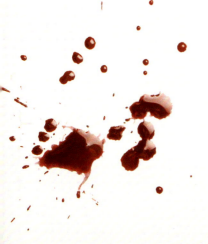

Para Helen

O desempenho de Helen[1] como Polly Gray foi inspirador, foi alegre, foi transgressor, hilário e comovente em níveis inacreditáveis. Como pessoa, ela era fora de série no carisma e de uma empatia intensa. Foi um privilégio trabalharmos com ela ao longo da última década.

COM TODO AMOR DA FAMÍLIA PEAKY

---

1. A atriz Helen McCrory faleceu no dia 16 de abril de 2021, aos 52 anos. [N. do T.]

Sumário

Era uma vez nas Midlands: Introdução de Steven Knight 8

A Criação de *Peaky Blinders*: Construindo Catedrais da Luz 20

"É Faz de Conta" 26

"Tenho Planos para os Peaky Blinders" 36

"Estamos Subindo na Vida, Irmão" 46

Parte Um

O Chefão: Cillian Murphy fala de Tommy Shelby 54

Instrumento Indelicado: Paul Anderson fala de Arthur Shelby 66

O Minuto do Soldado: A Temporada Um Vista por Dentro 78

Parte Dois

Birmingham, Campo de Batalha:
Os segredos por trás dos *sets* de *Peaky Blinders* 92

A Rainha: Helen McCrory fala de Polly Gray 100

Steven Knight fala de Helen McCrory 110

Pura Fumaça e Encrenca: A Temporada Dois Vista por Dentro 112

Parte Três

Trilhos e Trilhas: A história por trás da música de *Peaky Blinders* 126

O Pastor: Benjamin Zephaniah fala de Jeremiah Jesus 136

Legítimo Herdeiro: Finn Cole fala de Michael Gray 150

Ao Alcance de um Soco: A Temporada Três Vista por Dentro 160

Parte Quatro

Ternos Sob Medida: Como Surgiu o Visual de *Peaky Blinders* 174

A Princesa Fera: Sophie Rundle fala de Ada Thorne 186

A Confidente: Natasha O'Keeffe fala de Lizzie Stark 196

É Deus Quem Puxa o Gatilho: A Temporada Quatro Vista por Dentro 204

Dançando com o Diabo: A Temporada Cinco Vista por Dentro 214

***Peaky Blinders*: E Depois?** Um epílogo por Steven Knight 220

Era uma vez nas Midlands

Introdução de Steven Knight, criador e roteirista.

Os Peaky Blinders da vida real, aprox. 1917.

A inspiração para *Peaky Blinders* veio da minha mãe e do meu pai. Quando eu era garoto, eles me contavam das infâncias que tiveram crescendo na região de Small Heath, em Birmingham. Mesmo que eu tenha crescido na mesma cidade, as histórias que eles contavam eram coisa de outro mundo. As palavras dos meus pais ganharam vida na minha imaginação.

Aprendi com eles que, nos anos 1920, as ruelas de Birmingham eram selvagens e, do meu ponto de vista, fantásticas. Um grande elenco de figuras fora da lei, carregadas no fumo e no álcool, acompanhava a cadência das marteladas, pancadas e misteriosos estouros que eclodiam das fábricas de carros e de armas –

fábricas que funcionavam o ano inteiro, sem parar, derramando cinzas como se fosse neve pelas ruas tingidas de preto.

Aos nove anos, minha mãe já era agente de apostas. Os agenciadores clandestinos de Birmingham usavam crianças para recolher as apostas no turfe porque fora das pistas isto era ilegal. Eles sabiam que crianças não levantariam suspeitas nem seriam presas. Ela descia a Little Green Lane carregando um cesto de roupa suja, e os apostadores depositavam ali sua fezinha, geralmente com moedas enroladas num pedaço do papel em que estavam anotados o nome do cavalo e o codinome de quem apostava. Ela carregava os sonhos e esperanças dos pobres até o salão de um agenciador clandestino, Tucker Wright. Tinha que dar uma volta para evitar o cachorro feroz preso na corrente e os cacos de garrafa.

O pai dela (meu avô) era um dos grandes clientes de Tucker Wright. Era comum minha mãe levar o melhor terno do pai à loja de penhores para ele ter dinheiro para as apostas do dia. Se os cavalos dele não venciam, ele ia tocar piano e cantar no *pub*, o Garrison, em troca de uns chopes e uísque para esquecer o quanto tinha perdido.

Aos nove anos, minha mãe já era agente de apostas.

ERA UMA VEZ NAS MIDLANDS | 11

Algumas histórias que eles contavam eram só imagens, quase cenas de cinema. Como a vez em que meu pai cruzou Small Heath para entregar uma mensagem aos tios.

A família do meu pai trabalhava nos barcos do canal, mas seus tios eram uma família famosa de gângsteres e gente das apostas clandestinas. Meu pai tinha oito anos e estava correndo pelo meio da rua de pé descalço, carregando um bilhete que o pai lhe dera para entregar aos tios. Papai estava com medo porque a família e seus companheiros eram conhecidos por toda a cidade como os Peaky Blinders.

Os historiadores podem dizer que a expressão "Peaky Blinder" deixou de ser usada na virada do século 19 para o

Acima: os Peaky Blinders da vida real, aprox. 1920. Da esquerda para a direita: Henry Fowler, Ernest Bayles, Stephen McHickie, Thomas Gilbert. À esquerda: o Billy Kimber da vida real, ao lado do seu personagem.

> *Papai estava com medo porque a família e seus companheiros eram conhecidos por toda a cidade como os Peaky Blinders.*

20, mas todo tio e tia da minha família, bem como meus avós, me disseram que ela estava vivíssima nos anos 1930. Eles eram *blinders* (ofuscantes) das boinas de lã até as botas enceradas. Sempre achei que livros de história não são nada fiáveis quando se trata de informação sobre a classe operária, já que a maior parte do povo não se dava ao trabalho de anotar o que vivia. Eu confio no boca a boca, nas memórias e, é claro, nos jornais e nas atas de tribunal.

Papai, nervoso, chegou numa porta dos fundos da Artillery Street e bateu. A porta se abriu com uma lufada de fumaça que incluía cigarro, cerveja choca e uísque. Ele disse que entrou e viu um grupo de homens atirados nas poltronas, as boinas por cima do rosto, navalhas costuradas nas abas das boinas, as armas sob cada casaco desabotoado, praticamente à mostra. No meio do grupo, uma mesa com uma pilha gigante de moedinhas de prata.

Dinheiro era coisa escassa naquele bairro. Mesmo assim, os Peaky Blinders eram reis e príncipes, e aquele era o tesouro da família real. Enquanto Papai estava ali, de olhos arregalados,

Small Heath, aprox. 1920.

alguém lhe jogou meia-coroa. Ele disse que os homens tinham trajes impecáveis: cada prega era tão afiada quanto as navalhas das boinas; as biqueiras das botas eram espelhos; as gravatas-borboleta ou padrão eram atadas firmes no colarinho cravejado.

Mas o que mais marcou meu pai foi que todos ali, todos de sangue Small Heath, bebiam cerveja e uísque em potes de geleia. Não tinham copos. Eles não gastavam uma prata da fortuna daquela pilha em cima da mesa em utensílio de cozinha. O dinheiro que eles ganhavam era para a fibra e o couro das roupas. Para o visual e as armas.

Eu tinha mais ou menos nove anos quando Papai me contou essa história pela primeira vez. A imagem da gangue em volta da grana ficou grudada na minha mente durante décadas. Talvez porque meu pai contava cada detalhe do ponto de vista de um garotinho impressionado, vivendo aquilo, frente a frente, pela primeiríssima vez.

Depois eu viria a ter motivo para visitar Small Heath com frequência. Eu ia ao estádio de futebol e consegui ver os últimos ferros-velhos e cortiços antes de derrubarem tudo. Cada *pub* tinha sua história. Eu passava pelo Garrison, pelo Hen and Chickens ou pelo Marquis of Lorne e imaginava meu avô dedilhando as melodias em troca de cerveja. Imaginava minha mãe como eu, criança, correndo pelos becos com seu cesto de roupa suja.

Eu imaginava principalmente os Peaky Blinders.

De campeonato em campeonato, acompanhei o sumiço dos *pubs*, das fábricas e das casinhas geminadas de Small Heath. Aquilo só me deixou mais sedento por essa mitologia que o vento soprava junto à fumaça e à poeira da demolição. Na época dos Peaky, tinha um *pub* chamado The Chain, que só mulher podia frequentar. Não porque era lei, mas porque, se um homem tentasse botar o pé, a clientela o espancava até ele virar suco. A maioria das moças trabalhava nas fábricas, na produção de correntes.

As ruas abundavam de grandes figuras. Existiu um pregador negro chamado Jimmy Jesus, que caminhava descalço e queria evangelizar enquanto andava, acompanhado

De campeonato em campeonato, acompanhei o sumiço dos pubs, das fábricas e das casinhas geminadas de Small Heath.

por crianças que o viam como o único homem de pele negra na face da Terra.

Existiu um homem chamado Tommy Tank, que era dado a explodir de fúria sem qualquer aviso e era capaz de botar um *pub* inteiro abaixo só com os punhos. Existiram os homens que voltaram cegos da guerra e por isso andavam em fila, um com a mão sobre o ombro do outro. Existiram os *pubs* que abriam às seis da manhã para os operários tomarem seus canecos antes de se apresentarem para o serviço – onde eram pagos em cerveja, limpavam as máquinas com cerveja e, pelo jeito, viviam de cerveja.

Ali perto aconteciam as lutas de boxe com mãos nuas; o perdedor era amarrado, jogado no canal e tinha que nadar até o dique mais próximo sem usar as mãos. Havia outro homem que era famoso por andar de *pub* em *pub* enfiando a cabeça dentro de uma jaulinha com um rato e brigando com o bicho só com os dentes. Era uma insanidade, uma selvageria, coisa que escritor nenhum ia usar na ficção porque é delírio demais. Mas era tudo verdade. Tudo. Era a nossa história.

Eu pude entrever mais desse mundo que não existe mais porque meu pai, depois de adulto, virou ferreiro e ferrador. Ele viajava por todas as Midlands Ocidentais ferrando cavalos. Assim como ia aos estábulos, ele tinha contato com ciganos e vendedores de sucata que tinham seus sítios e pangarés nos subúrbios e no Black Country. Eu fui caçula de sete filhos. Tinha vezes, em dia de colégio, que ele dizia a mim e meus irmãos: "Querem ir pra aula ou querem vir comigo?" A resposta era óbvia. Entrávamos de família no furgão para ir botar ferradura em cavalo. Conhecíamos figuras inacreditáveis quando passávamos pelo campo. Era gente de outro universo.

Um dos melhores lugares para tomar chá e ouvir histórias era o depósito de sucata de um sujeito chamado Charlie Strong. O ajudante dele era outro sujeito chamado Curly, e depois me contaram que Curly era meu tio-avô. Esses depósitos eram tipo a caverna do Aladim. Quando era criança, eu ficava fascinado com a sucata e com as joias que se encontravam por lá. Quando

Existiu um homem chamado Tommy Tank, que era dado a explodir de fúria sem qualquer aviso e era capaz de botar um pub inteiro abaixo só com os punhos.

eu perguntava se alguma coisa ali era roubada, me respondiam com toda firmeza: "Essa gente não rouba. Eles acham antes que se perca."

Às vezes meu pai nos levava nas feiras dos ciganos, tipo a Feira de Stowe, uns lugares de dar medo com gente de dar medo. Ele tinha sido boxeador, então sabia se virar. Mesmo assim, lembro de que, quando me levava em Stowe, ele ficava meio nervoso.

Papai dizia: "Não olhe na cara de ninguém, filho. Se eu me meto numa briga aqui, eu perco."

As infâncias de meu pai e minha mãe tiveram como pano de fundo um grande elenco de vítimas da guerra e vítimas das circunstâncias. Foi uma época difícil e a sobrevivência era bruta, perigosa e áspera. No verão, eles levavam os colchões para o quintal e os defumavam na fogueira para tirar os percevejos. Saneamento básico era coisa praticamente inexistente. Os homens brigavam, as mulheres revidavam e as crianças ficavam assistindo das sombras.

Saber como a vida era dura nunca diminuiu a atração que eu tenho, como contador de histórias, pelo mundo que os Peaky Blinders habitavam. Sempre avaliei que era ali que estava minha fonte de mitologia e de poesia, que eu precisava transformar numa narrativa que em algum momento ia poder compartilhar com outras pessoas. E a mais importante: a história dessa gente nunca tinha sido contada. Com o apoio da BBC, tratei de corrigir essa deficiência.

Papai dizia: "Não olhe na cara de ninguém, filho. Se eu me meto numa briga aqui, eu perco."

À direita, no meio: *o criador e roteirista Steven Knight com Cillian Murphy.*

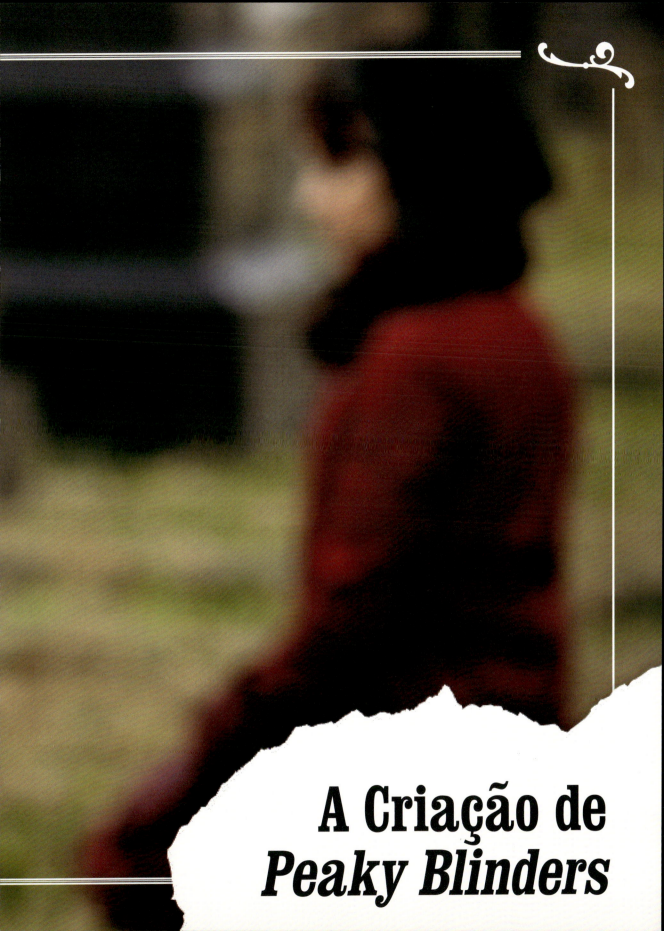

A Criação de Peaky Blinders

Construindo Catedrais da Luz

Há vinte e cinco anos, o criador e roteirista Steven Knight reconstruiu as fábulas de classe operária que viriam a constituir a trama de *Peaky Blinders*. Logo a seguir, sua ideia ganhou vida.

STEVEN KNIGHT:

Quando tive a ideia de dramatizar as histórias que tinha ouvido quando criança, eu quis preservar a mitologia: a ideia de que meus pais haviam passado por essas histórias e personagens quando eram crianças. E que depois as transmitiram a mim. Eu não queria denunciar o terror que era a vida em Birmingham na época. Eu queria mostrar ao público como era fantástico, como era selvagem e como não havia lei.

De certo modo, eu queria abordar *Peaky Blinders* da mesma maneira que os norte-a-mericanos fazem quando abordam sua histó-ria na TV. Os caubóis eram peões de fazenda do século dezenove, mas os escritores e cine-astas transformaram na vidas dessa gente no *western.* Eu queria colocar na tela uma atmos-fera em que se tivesse respeito pelas vidas dos britânicos daquele momento pós-Primei-ra Guerra, não pena. Queria que os especta-dores vissem os personagens com admiração.

Os protagonistas verteram na escrita. Tia Polly Gray (Helen McCrory) é uma pessoa que existiu, de verdade, e era de apavorar. Todo homem tinha medo daquela mulher. Arthur (Paul Anderson) era um tio meu chamado Fred. Ele pregava o papel de parede porque não queria perder tempo passando cola. São vários detalhes, vários fragmentos de caracterização que eu reuni para criar um cenário.

Embora eu considere esse período da história sensacional, eu era minoria. Vinham me perguntar: "Como você vai dizer que Birmingham nos anos 1920 e 1930 era o Velho Oeste?" Bom, porque, para mim, era. Eu já tinha apresentado a proposta ao Channel Four há vinte e cinco anos. Graças a Deus que não rolou, porque não ia dar certo como acabou dando. Então eu passei a escrever roteiros de filmes (*Coisas Belas e Sujas, Locke*) e a trabalhar principalmente em Los Angeles e Hollywood. Então começou a era de ouro da televisão e o público passou a querer caixas de temporada e seriados da qualidade de *Família Soprano.* Me perguntaram se eu já tinha pensado em roteirizar para TV.

> # Eu queria mostrar ao público como era fantástico, como era selvagem e como não havia lei.
>
> — Steven Knight

'"Então… eu tenho aqui essa história com os Peaky Blinders…", eu dizia.

Quem me perguntou foi Caryn Mandabach, da Caryn Mandabach Productions. Ela é uma produtora de Chicago que é uma verdadeira potência e tinha trabalhado durante anos na tevê nos Estados Unidos. Ela foi a responsável por *Roseanne, Third Rock from the Sun* e *Nurse Jackie,* mas cansou do sistema americano e veio para a Inglaterra. Ela não tinha escritório, então ela e outro produtor chamado Jamie Glazebrook marcavam as reuniões no Royal Festival Hall, no South Bank de Londres.

> **Ele ainda não era a estrela que é, mas é um talento fora de série. Eu me senti honrada.**
>
> — Caryn Mandabach

CARYN MANDABACH (PRODUTORA EXECUTIVA):
Tanto Jamie Glazebrook quanto eu éramos *developers* de muito tempo na HBO. Embora nenhum de nós dois tenha conseguido aprovar um seriado na HBO, um admirava o trabalho do outro. Eu havia acabado de contratar o Jamie, e a oportunidade de fazer um projeto com Steven Knight... bom, era inacreditável. Foi incrível. Ele ainda não era a estrela que é, mas é um talento fora de série. Eu me senti honrada.

Estou no mercado para fazer séries de longa duração. Nos Estados Unidos, quando você faz o primeiro episódio, dentro desse episódio você encontra as estruturas que fazem o seriado crescer e durar. Como eu trabalhei em vários seriados que tiveram

Abaixo: *Caryn Mandabach, Produtora Executiva.*

sucesso e duraram, eu já parto do pressuposto de que vai haver temporada dois, três e quatro. O que o público quer é conhecer os personagens e não dá tanta bola para a trama. Por isso, nossa meta com *Peaky Blinders* era compactar o máximo de indicativos naquele primeiro episódio para o espectador seguir.

Nas primeiras conversas com Steven, sabíamos que o jeito como ele estava estruturando *Peaky Blinders* seria a base para uma série de longa duração. Ele falava de Charles Dickens, de escrever em episódios, dos personagens serem o cerne da obra. Mas o mais importante do que ele disse foi o seguinte: "Eu queria fazer um seriado sobre um cara que está perturbado, que, quando o conhecemos, não consegue amar nem ter sentimentos. E quero acompanhar a jornada desse cara com personagens-satélite, sobretudo sua família. Porque todo mundo tem família, todo mundo tem o par romântico, todo mundo tem emprego. Ele vai conhecer gente. No início, porque seu coração começa a bater por uma pessoa."

Eram essas as estruturas que a audiência tinha como acompanhar. Na temporada um, quando Tommy surge, conhece Grace e acaba se apaixonando, você é fisgado. Você pensa: "Ei, isso aconteceu comigo! Eu já me senti sozinho, já me senti na desgraça, aí veio uma pessoa que derreteu meu coração. *Ah, eu sei...*" Então, independentemente de quem você for, você cria um vínculo com o seriado nesse aspecto. Ou cria um vínculo com o aspecto família: "Ei, acho que eu não tenho uma Tia Polly, mas tenho um familiar que é importante na minha vida." Ou: "Acho que eu não tenho esses irmãos, mas eu tenho irmãs." O seriado montou uma estrutura em que o público consegue se enxergar.

Todo mundo tem família, todo mundo tem o par romântico, todo mundo tem emprego.

— Caryn Mandabach

Foi por conta das palavras que Steven usou que soubemos que o primeiro episódio ia plantar todas as sementes para o seriado virar uma floresta de carvalhos. Sabíamos que era uma série de longa duração desde o início.

"É Faz de Conta"

Com o apoio da Caryn Mandabach Productions, as ideias da trama envolvente de *Peaky Blinders* tornam-se os primeiros roteiros.

JAMIE GLAZEBROOK
(PRODUTOR EXECUTIVO):

Quando Steven falava do seriado, eu via tudo se avivando na minha imaginação. É um dom que ele tem e, nesse caso específico, fazia tempo que ele tinha essa história na cabeça. Foi um caso muito, muito raro de uma ideia de seriado que chegou pronta. Cada um dos personagens, até os que tinham só duas frases, passava essa sensação de vida e tinha seu monólogo interno pensado. Desse ponto de vista, o encaixe foi perfeito.

STEVEN KNIGHT: Acho que eu tinha parte de um roteiro, mas não tinha um argumento. Agradeço aos céus pela BBC. Diferente de muitas organizações, se eles gostam de uma ideia, eles incentivam o roteirista, dizendo "vai e faz". Para mim, é o paraíso. Eu não queria produzir um argumento mais detalhado nem descrever cada personagem. Eles me deixaram tocar adiante. Quando se trata de escrever roteiros, eu começo do começo. O que eu *não* faço é criar planos – nem do episódio nem do seriado. Eu tinha alguma noção do que ia tratar e do período que ia cobrir, então parti dali.

CILLIAN MURPHY (TOMMY SHELBY): O fato de Tommy ser um *brummie*[2] inteligente da classe operária era uma coisa inédita. A ideia de Steven Knight era criar a mitologia em torno de uma família operária como os Shelby e dos personagens do grupo, como Tommy, Arthur e Polly. É o tipo do coisa que se faz muito bem

nos Estados Unidos, mas no Reino Unido não. Até aqueles tempos, só se tinha retratos da classe operária britânica da época em dramas históricos como *Upstairs, Downstairs.* O que Steven conseguiu foi criar outra mitologia. E uma mitologia fascinante. O período entre a Primeira e a Segunda Guerras Mundiais não é um terreno muito investigado no drama em geral. A era que antecede a Primeira Guerra e a que vem depois da Segunda estão bem retratadas, disso não há dúvida. Mas há muitos acontecimentos no intervalo entre os dois conflitos, tanto em termos dramáticos quanto em termos de história e de narrativa.

> # Quando Steven falava do seriado, tudo ganhava vida.
>
> — Jamie Glazebrook

STEVEN KNIGHT: O passo seguinte foi pesquisar o que se passava na política da época, em busca de ideias para a trama. Em vez de me afundar nos livros de história, visitei jornais da cidade como o *Birmingham Mail* e fui atrás de reportagens. Obtive uma visão muito mais precisa de como era a gente comum dos anos 1920 e 1930. Eu acredito que os livros de história tendem a ir atrás de constantes. Quando uma trama ou

---

2. Brummie: é uma pessoa nascida em Birmingham. Assim também é chamado o dialeto falado na cidade. [N. do T.]

O criador e roteirista Steven Knight.

um acontecimento não se encaixava numa constante, ficava de fora. E tinha muita coisa que não se encaixava nas constantes.

Por exemplo: quando eu estava escrevendo a primeira temporada, descobri vários artigos no *Birmingham Mail* que tratavam de prisões por traição à pátria. Lembro do meu pai contar essas histórias. As pessoas iam no Bullring e encontravam alguém falando contra o rei, contra o governo. De repente a polícia fazia uma batida e levava essa pessoa. Tinha gente que não voltava mais. À boca pequena, falavam que a polícia tinha matado. Mas onde estava isso nos livros de história? Não eram só histórias do meu pai; tem matérias de jornais e atas de tribunal sobre gente que recebeu penas de um ano ou mais por traição à pátria. Era 1919. Os soldados estavam voltando da França e as autoridades tinham medo de revolução.

JAMIE GLAZEBROOK: O mundo de *Peaky* era fascinante. Lembro de Steven falar dos *pubs* como "catedrais de luz"; a pessoa que trabalhava nas fábricas só parava de beber depois de descer o segundo caneco. Isso ganha impacto graças à maneira como Steven transmite. E eu lembro dele dizer bem no início: "Quero que os personagens falem rápido porque, na cabeça deles, não é um filme de época; eles estão no presente."

Uma vez, Steven disse as seguintes palavras: "Imagine que você é um garoto de nove anos frente a frente com este mundo. Os homens são elegantes, as mulheres são lindas, os cavalos têm lustro, os carros cintilam." Nós levamos a sério. Não tem nada encardido. Parece uma fantasia. De vez em quando, nos panoramas de Birmingham, você enxerga uma linha férrea lá ao longe. Você está diante de uma versão mais intensa da cidade.

STEVEN KNIGHT: Em termos de escrever *Peaky*, é tal como acontece com qualquer coisa que eu faço: eu penso o que vai ser, sento e começo. Eu escrevo *o que for*. Digo a mim mesmo: "Não é pra valer. É só um ensaio. É faz de conta." Aí eu deixo o texto sair, sair, sair e uma hora paro para reler e ver o que aconteceu. Só nos últimos anos eu tenho parado para pensar de onde vêm essas coisas. Às vezes eu pego para reler e não tenho ideia de como cheguei na história, nem na origem de um encadeamento de ideias.

Meu texto é cem por cento baseado em gente de verdade em lugares de verdade, falando do jeito que se fala. Tem algo em mim que conseguiu captar as memórias da minha família falando da gangue dos Peaky Blinders e rodou tudo na minha imaginação. Quando eu escrevo os roteiros de *Peaky*, tento ativar essa memória e deixo ela rolar solta. Parece um sonho.

Eu me envolvo tanto com a escrita que, quando estou trabalhando em um roteiro, é possível que eu perca a noção do que eu faço. Pode acontecer de eu tomar dois banhos na mesma manhã; uma vez cheguei a me barbear duas vezes, de tão envolvido que eu estava com a história. Olhei no espelho e pensei: "Porra, eu acabei de vir aqui. *Por que eu vim me barbear de novo?*" Dirigir o carro enquanto estou escrevendo roteiro é um perigo…

Eu tinha alguns personagens pensados antes de começar os roteiros. Eu tinha Tommy Shelby: o irmão mais novo da família. Arthur

seria o irmão mais velho e cúmplice. Eu sabia que queria Ada (Sophie Rundle), a irmã, e que ela tivesse um relacionamento indevido com um comunista. Assim, também tinha os comunistas.

O personagem de Sam Neill, o inspetor-chefe Chester Campbell, foi uma pessoa que existiu e que trouxeram de Belfast para controlar as gangues de Birmingham. (Na temporada um, ele é um inspetor-chefe do Royal Irish Constabulary que é transferido a Birmingham para localizar uma carga de metralhadoras roubadas da fábrica da Birmingham Small Arms. Por acidente, essas armas caem nas mãos dos Peaky Blinders.) Eu fiquei sabendo que, no mundo real, Campbell tinha largado folhetos pela Shankill Road de Belfast dizendo: "Se você tem mais de um e cinquenta e é bom de briga, você tem que entrar para a polícia." Ele recrutou um coletivo de "policiais especiais", entregou uniformes e cassetetes, depois deixou à solta. Eles metiam medo, mas os moradores revidaram.

> **Meu texto é cem por cento baseado em gente de verdade em lugares de verdade, falando do jeito que se fala.**
>
> — Steven Knight

Sabendo por cima quem era a família Shelby, eu consegui montar uma trama: um inspetor osso duro de roer chega da Irlanda para botar ordem nas gangues. Dentro da sua estratégia, ele infiltra uma garçonete chamada Grace (Annabelle Wallis) na Garrison Tavern. Foi a base da história. Assim que isso se definiu, eu comecei.

CARYN MANDABACH: Lembro apenas de uma coisa dos primeiros roteiros, e que era só uma sensação. Ben Stephenson (Titular da Comissão de Drama da BBC) também fez um comentário só, e o que ele disse fez eco ao que havíamos comentado. Ben resumiu em uma frase: "A trama precisa começar antes."

Aliás, esse é o bilhete clássico que todo roteirista recebe: "Qual é a motivação? A trama precisa começar antes…" Quando entregamos o comentário a Steven, ele revirou os olhos. Ele disse: "Tommy encontra armamento." E foi isso. Quando você entrega cartas a um personagem como Tommy Shelby, ele pode ficar com uma mão boa ou ruim. Como jogar com uma mão boa – *achei armas* – é um jeito tão interessante de começar uma história quanto receber uma mão ruim. Foi a solução de Steven. A partir daí, não precisamos conversar mais. Quando líamos os roteiros, só dizíamos o seguinte: "Que fantástico."

STEVEN KNIGHT: A ideia das armas roubadas apareceu durante a escrita. Foi a faísca. Minha mãe trabalhou na fábrica da British Small Arms (BSA) durante a guerra, botando explosivo em granadas. Falava-se muito da BSA quando eu era criança e era uma fábrica que ficava no meio de Small Heath. Pense só: uma fábrica imensa lotada de armas. Os gângsteres iam fazer o quê? Roubar.

Trama é uma coisa que funciona quando você não segue a lógica e joga seus personagens numa situação: os Peaky Blinders estão num *pub*; a BSA fica perto. Onde Ada trabalha? Ela provavelmente trabalha na BSA. A BSA tem armas. Os Peaky Blinders roubam as armas. As armas roubadas viram a trama...

Deixar a história se desenvolver desse jeito é muito melhor do que trabalhar tudo na minha cabeça de antemão.

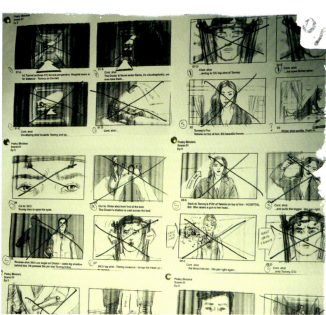

"Tenho Planos para os Peaky Blinders"

Os personagens-chave na trama de *Peaky Blinders* são concebidos aos poucos.

STEVEN KNIGHT: Eu acho que já tinha escrito os primeiros episódios e, àquele modo misterioso que acontece com os roteiros, comecei a receber retorno dos atores. Não tínhamos nem terminado a temporada, mas os roteiros estavam chegando às pessoas. Não sei como é que isso acontece. Acho que é porque todo mundo se conhece no mercado e, se aparece alguma coisa e o povo acha bom, eles começam a pensar: "Opa, vou levar antes no meu cliente." Tivemos retorno de Cillian Murphy e Sam Neill e pensamos: "Uau, ótimo." Com esses dois nomes no jogo, além de Helen McCrory, mais talentos se atraíram. Sam Neill queria muito o papel. Ele me disse que nasceu em Belfast e que tinha o sotaque de memória. Demos sorte.

SHAHEEN BAIG (DIRETORA DE *CASTING*): O genial da primeira temporada foi que tivemos bastante tempo para nos preparar, o que é raro. Quando chega um serviço para seriado, geralmente você tem que fazer tudo com pressa. Eu entrei no esquema bem cedo, então tivemos tempo para fazer do jeito certo. Otto Bathurst (diretor dos episódios um, dois e três da primeira temporada) era genial e receptivo. Ele que me disse: "Pense em gente que não se espera num seriado desses e pense que é um filme." Quando eu escolho elenco, não faço diferença entre televisão e cinema. Não mudo meu estilo. Eu não troco atores. Tratei *Peaky Blinders* como cinema, com certeza.

Eu fui com ambição. Tentei pensar: "Ok, quem eu podia botar aqui que não é quem se espera nesse gênero, nesse mundo, em filme de época?" Foi um desafio, porque, sim, *Peaky Blinders* é um filme de época, mas é muito moderno. Eu adoro redefinir atores, trazer ao elenco gente que você acha que conhece e aí puxar o tapete. Foi uma diversão. Me senti com muita liberdade.

> # O roteiro de *Peaky Blinders* tinha essa sacada genial que era o fato de ser inédito, mas baseado no gênero do gângster.
>
> — Cillian Murphy

CILLIAN MURPHY: Eu ouvi falar do seriado pela primeira vez por volta de 2011. Eu estava ciente da revolução que vinha acontecendo na televisão. Eu falava para o meu agente: "Como é que não me mandam roteiros para TV? Só me mandam filmes." E ele respondeu: "Deixa eu dar uma olhada." Então, por meio de outros agentes e um pouquinho de sorte, dois anos depois chegaram dois roteiros de *Peaky Blinders*. Eu li e soube na mesma hora que era um material especial. Me reuni com Steven Knight e Caryn Mandabach e foi isso: aconteceu.

O roteiro de *Peaky Blinders* tinha essa sacada

genial que era o fato de ser inédito, mas baseado no gênero do gângster, no drama de faroeste, nas sagas de família que conhecemos com o passar dos anos. Ele tomava emprestado dessas referências, mas alcançava uma coisa cem por cento original. Foi o que eu senti quando li o roteiro. A sequência de abertura em si era de tirar o fôlego já no papel (em que Tommy Shelby sai de cavalo pelas ruas de Small Heath e pede a uma vidente chinesa para soprar pó vermelho no seu rosto, um alento de boa sorte).

O que há de mais bonito nos seriados é que eles possibilitam um nível de aprofundamento e detalhismo que não se tem num longa-metragem de duas horas. Para um protagonista, conseguir aprofundar a situação da mente de Tommy depois da guerra, ao longo de seis horas, logo de saída, foi muitíssimo interessante. O jeito como ele usou essa combinação ou contradição entre o pavio curto para violência e a sensibilidade também foi interessante. Mais uma vez, o roteiro pegou emprestado a metáfora do anti-herói clássico, mas transformou em algo singular.

CARYN MANDABACH: Cillian tem um critério muito simples: "O roteiro é ótimo? E tem como eu fazer alguma coisa para deixar melhor?" É a única motivação que ele tem. Cillian tem o coração puro. Descobrir que essa pessoa pura consegue se ver em um personagem como Tommy Shelby é muito raro. Eu e Steven o conhecemos num hotel em South Kensington. A eloquência dele é um espanto. Nós dois já estávamos nessa há algum tempo e os dois pensaram: "Somos só nós ou esse cara é demais?" Quando você tem um tempo nesse mercado, você ganha um *feeling*. Cillian era muito esperto, tinha inteligência emocional. Ser um grande ator não significa necessariamente que você tem inteligência emocional, nem que é esperto. Sua qualidade como estrela era embasada na inteligência como ator.

SHAHEEN BAIG: Não tivemos que redefinir Cillian. Ele já existia e já era uma estrela. Mas imagino que todo mundo tenha parado um segundo e dito: "O Cillian Murphy? *Sério?*" Ele é um ator muito detalhista. Ele é praticamente um perito forense no jeito como aborda cada situação. Eu imagino que poderíamos ter botado no papel alguém mais ameaçador, que fosse mais óbvio como pessoa bruta. Mas o que eu achei fantástico no Cillian é que ele sabe contar a história. É isso que ele faz muito bem.

Não precisávamos que o chefe da família fosse um bruto. Não precisávamos de alguém que, no instante em que você olhasse pra ele, já se sentisse destruído. O que importa é o que se passa atrás dos olhos. Eu sei que todo mundo fala dos olhos e que isso é meio que um clichê. Mas o que a gente precisava era um chefe da família que soubesse contar a história, com quem você quisesse embarcar na jornada. E Cillian tinha essa qualidade. Ele é carismático, ele é sigiloso, ele tem algo de tranquilo em tudo que faz. Você não capta o todo de primeira. Mesmo agora, na temporada cinco, nós continuamos querendo assistir, ainda queremos embarcar na jornada porque ele é genial em contar a história. Era isso que queríamos e que precisávamos para o Tommy.

Conversamos sobre muita gente. Acho que Cillian nunca tinha sido pivô de um programa de tevê. *Peaky* foi sua primeira vez e, por isso, foi um prazer imenso ter alguém que nem ele. Não tinha aquela exaustão do ator como protagonista de seriado. Ele era inédito. Conseguimos uma pessoa que era estrela de cinema e conseguimos uma pessoa que contribuía para o personagem. Se você lê a premissa de *Peaky Blinders* no roteiro, é provável que você pense: "Ah, claro, o ator tem que ser assim…" Mas aí você vê o Cillian e… foi diferente. "É assim que vamos tratar essa série." A seleção de Cillian deixou tudo muito mais fácil, porque não tivemos que passar pelos obstáculos que eram esperados.

TOM HARPER (DIRETOR DOS EPISÓDIOS QUATRO, CINCO E SEIS DA PRIMEIRA TEMPORADA):

Eu tinha interesse pelo lado mais caloroso de Tommy no roteiro. Eu me interessava pelo que ele tinha de humano. Se tem essa gente e eles fazem coisas de arrepiar, qual é a motivação? O que os compele? Isso foi uma das coisas que mais me atraiu. O que ia provocar essas coisas? Era um mundo turvo, moralmente complexo – ou pode ser. Tommy é perturbado. Ele era um homem forte, poderoso, que estava perturbado no íntimo e, creio eu, era reprimido. Ele não sabia lidar com gente. Com os outros personagens era a mesma coisa, mas de outro jeito.

PAUL ANDERSON (ARTHUR SHELBY): É uma coisa esquisita porque, quando vi o roteiro pela primeira vez, eu tive mais interesse em interpretar o Tommy. Otto Bathurst queria fazer uma reunião comigo para eu ficar com o papel de Cillian. A primeira coisa que me marcou foi que o personagem tinha que falar com sotaque *brummie*. E eu disse: "Não tem como eu fazer sotaque de Birmingham." Então fui lá, fizemos a reunião, tomamos um chá e ficou isso: *Não vou fazer sotaque brummie.* Mas foi uma reunião bastante positiva; foi um bom papo. Eles me disseram: "Olha só: ofereceram o papel ao Cillian Murphy, mas queriam que você fizesse o irmão, Arthur." E eu não sabia quem era. Quando lhe dão um roteiro e lhe dizem para pensar em um papel, no fim das contas, eu só olho aquele perso-

nagem. Eu não estava pensando no Arthur. Naquele ponto do roteiro, tinha cinco irmãos: Tommy, Arthur, John, Finn e outro irmão intermediário, mais ou menos da idade do John. Eu fiquei pensando: "Qual é esse irmão?" Reli e mergulhei. Achei Arthur sensacional.

Acima de tudo, eu me identifiquei. Tem um negócio esquisito nele que é ser aferrado ao jeito que ele é. Ele me lembrou de uma pessoa que eu conheço, então eu entendi o cara. Captei rapidinho. Foi muito fácil entrar nele já de saída. Na temporada um, Tommy volta à vida do irmão e quer retomar o controle dos negócios, mas Arthur não tem tempo para discutir porque o jeito como tocam as coisas lhe convém.

CARYN MANDABACH: Paul Anderson se destacou nos testes, assim como Joe Cole (John Shelby). Não tínhamos como ficar mais contentes e nos sentirmos mais agraciados por conseguir Sam Neill, assim como Annabelle Wallis (Grace Shelby).

Antes da seleção, conferimos no que eles tinham trabalhado em audiovisual e teatro; conversamos com outros produtores. Aí nos imaginamos como público. Foi Steven quem escreveu a trama e, tanto quanto for possível, temos que honrar o que Steven diz com cuidado. E ele escreveu: *as mulheres são lindas, os homens são elegantes, os cavalos são grandes e têm lustro.* Nós íamos seguir cada palavra dele e não podíamos fazer besteira, porque estamos na televisão – essa gente ia para a nossa casa.

> **A primeira coisa que me marcou foi que o personagem tinha que falar com sotaque *brummie*.**
>
> — Paul Anderson

TOM HARPER: Claro que temos a Polly, temos o Tommy, temos o Arthur... Mas sempre tem outras pessoas na história que têm importância, seja o patriarca Arthur Shelby (Tommy Flanagan) ou Esme Lee (Aimee-Ffion Edwards), que surge no episódio quatro e casa com John Shelby. Ainda tínhamos Zilpha Lee (Therese Bradley), a cigana que concorda com o casamento arranjado entre John e Esme. Tínhamos um monte de personagens incríveis, personagens fortes, potentes, tanto os masculinos quanto os femininos. Havia um equilíbrio de forças entre homens e mulheres, de que eu gostava muito.

Acho que Sam Neill esbanjou na interpretação do inspetor-chefe Chester Campbell. Sam é um grande profissional, um artesão. Ele é um ator de renome, com tudo que se tem direito. Como era um papel em que ele ia se divertir, tem esse grau em que a energia

fica um pouquinho mais elevada. Ele transmitia carisma ao personagem sem prejuízo. O inspetor-chefe Campbell é um vilão, um vilão de verdade, à moda antiga. O perigo nesses personagens maléficos é que você pode exagerar e ele deixa de ser crível. Mas ele veio de um jeito que deixou o vilão cruel sem transpor a fronteira da caricatura.

SHAHEEN BAIG: Acertar a família foi interessante. Acho que Sophie Rundle apareceu bem rápido. Vimos outras pessoas e ela ainda não tinha feito muitos trabalhos, mas eu já tinha assistido algumas coisas com a Sophie. Fizemos a seleção, mas ela tinha algo mais acentuado. Ela entrou na personagem. Tinha clareza no que ela fazia. Na primeira temporada, eram muitos homens. Eu queria mulheres que fossem fortes.

No caso de Helen McCrory, foi uma tremenda sorte, pois ela é uma atriz feroz, daquelas que roubam a cena. Quando ela está com Cillian, os dois se equiparam. Quando conseguimos a Helen, eu pensei: "Opa, isso vai ser legal." Paul Anderson é o Arthur. No caso dos irmãos – Arthur e John – analisamos vários atores. Paul chegou e decidiu. O vigor dele me venceu, assim como a parte física.

Paul Anderson é muito direto; ele fala o que pensa. O que eu achei lindo na primeira temporada foi a jornada pela qual ele fez Arthur passar. Por um lado ele mete medo; por outro ele comove. Via-se uma melancolia em Paul. Além disso, ele era muito diferente de Cillian, embora eles parecessem ser da mesma família. Ele é um ator por instinto. Era disso que precisávamos em Arthur – uma energia diferente da de Cillian.

Joe Cole é um ator jovem e fantástico e tivemos sorte de consegui-lo naquele momento. Ele tinha um misto de Tommy e Arthur e havia alguma semelhança com Cillian no estilo. Ele sabia quando virar a chave. Ele consegue fazer a atmosfera virar de ponta-cabeça. Joe pode ser frio e calculista, absurdamente violento, mas tem alguma coisa de carinhoso – que precisávamos, já que ele é o caçula. Queríamos a sensação de que seriam três homens distintos, Tommy, Arthur e John, mas entendendo que faziam parte da mesma família.

O personagem de Sam Neill era perturbador: ele é dominante, mas também é carismático. Ele tem charme. Sam consegue interpretar todas as facetas do personagem. Embora seja um perito forense quando analisa e investiga uma pessoa, Chester Campbell é charmoso. De tal maneira que entendemos quando Polly é atraída a uma cena tenebrosa de violência sexual na temporada dois. Porque nós também nos atraímos.

O negócio de *Peaky* é que não se trata apenas do elenco central; os papéis coadjuvantes também definem a série. Assim como em tudo que você assiste, se esses personagens não dão certo, não interessa o que os protagonistas fizerem. No instante em que o seriado começa, você tem que se envolver e acreditar que está naquela época, naquele lugar.

> **O personagem de Sam Neill era perturbador: ele é dominante, mas também é carismático.**
>
> – Shaheen Baig

Eu adorei que conseguimos Ian Peck (Curly), um ator fantástico. A trupe que estava sempre no Charlie's Yard, como Charlie Strong (Ned Dennehy), eram atores com rostos incríveis.

Todos sabem transmitir a história. Eles podem ir e vir na trama, não estão sempre ali, mas foram geniais em dar o apoio para o que o elenco principal fazia.

BENJAMIN ZEPHANIAH (JEREMIAH JESUS): Quando Steven escreveu esse papel, ele me tinha em mente. Foi uma coisa esquisita, porque, meses antes, eu estava conversando com uma amiga da BBC que trabalha cobrindo as gangues de Birmingham, as gangues atuais e as guerras de território que estavam rolando. Eu disse: "Ah, tem gangues em Birmingham

> **Escolher Benjamin Zephaniah foi meu aceno para Birmingham.**
>
> — Shaheen Baig

há tempos! Já ouviu falar dos Peaky Blinders?" Ela disse: "Eu tenho um livro sobre os Peaky Blinders! Quer ler?" Quando eu consegui o papel, liguei para ela e perguntei: "Você já sabia?" Mas foi total coincidência. Gostei muito do personagem quando li o roteiro. Meu pai era pastor, então tem uma parte de mim que se vincula; o pastor me veio naturalmente. Quando tenho que fazer sermões no seriado, é comum eu sair do roteiro. Tem uma cena que não entrou em que eu estou pregando no bar. Tem só um

pedacinho que dá para assistir, mas a maior parte foi cortada. Eu tive que fazer uma pregação daquelas de te mandar para o inferno. Lembro de rodar e rodar e o Cillian se virar pra mim e dizer: "Cacete, pastor, assim eu acredito."

SHAHEEN BAIG: Em certo sentido, escolher Benjamin Zephaniah foi meu aceno para Birmingham. Eu achei que seria fantástico ter no seriado alguém que representa a cidade, e é isso que ele faz. Eu sou de Birmingham e me apaixonei pelo roteiro por isso, porque nunca consigo nada que se passe em Birmingham. *Nunca.* Chega a ser ridículo. Eu sempre quis algum projeto que se passasse na minha cidade e, assim que consegui esse, pensei: "Meu Deus do Céu, eu conheço todas as ruas." É um seriado especial pra mim, porque é pessoal. Mas botar ingredientes como o Benjamin é ótimo, porque ele é um herói para as crianças de Birmingham.

"Estamos Subindo na Vida, Irmão"

Sob o olhar criativo dos diretores Otto Bathurst e Tom Harper, *Peaky Blinders* ganha vida.

JAMIE GLAZEBROOK: Percebemos que os roteiros do Steven atraíam gente de talento tanto para frente quanto para trás das câmeras. Frith Tiplady, da nossa produtora parceira Tiger Aspect, era uma diretora de produção abençoada e veio ser nossa produtora executiva, sempre implacável em achar jeitos criativos de cumprir a perspectiva de Steven na câmera. Também tivemos a companhia do genial Greg Brenman, da Tiger, na temporada um, e depois de Will Gould (também da Tiger) nas temporadas dois, três e quatro. Até o momento, cada temporada teve seu próprio produtor, a começar por Katie Swinden (temporada um) que, junto aos nossos primeiros diretores Otto Bathurst e Tom Harper, deu vida a um mundo *Peaky* que é tão detalhado, trabalhado e envolvente que você pensa que está sentindo o cheiro.

O personagem de Tommy Shelby era extraordinário desde o início da temporada um. Faz parte da armação você assistir ao seriado e ao mesmo tempo estar na cabeça do personagem, do Tommy. Isso que é fascinante. No primeiro episódio ele é uma pessoa fechada; ele é muito isolado.

CARYN MANDABACH: Otto dirigiu os três primeiros episódios e as escolhas que ele fez foram muito cuidadosas. A propósito, ele seguiu ao pé da letra o que Steven queria; precisávamos concretizar a produção de uma maneira que honrasse o que Steven queria. Fomos lembrados de que o seriado devia ser retratado como uma história que se conta a um garoto de nove anos, como se você estivesse lendo *Senhor dos Anéis*

ainda criança. Otto, de modo servil, dedicou sua imaginação feroz para honrar o roteiro.

As cenas internas têm que ser suntuosas, mesmo que o local não tivesse nada."

— Steven Knight

STEVEN KNIGHT: As conversas que eu tive com a equipe técnica sempre giravam em torno da mitologia do povo e dos lugares. Eu dizia: "Não pensem que é o típico drama britânico de classe operária. Todo mundo tem que ser bonito, todo mundo tem que estar vestido impecavelmente; as cenas internas têm que ser suntuosas, mesmo que o local não tivesse nada." E eu queria misturar com a história do meu avô, o pai do meu pai. Tinha os ciganos do outro lado. Tinha esse misto de ciganos e de gente que morava em barcos, no canal. Precisava ter essa estética rural, periferia, com cavalos, ferreiros…

JAMIE GLAZEBROOK: Trabalhar em cada aspecto desse assunto complexo que é fazer um seriado de TV, com elenco e roteiro incríveis, mas com tempo e orçamento limitados, às vezes fica complicado. A equipe técnica, extraordinária, achou soluções criativas para cada problema. Eu entendo que isso faz parte da magia; muitas vezes você imagina bem mais do que vê. Isso se deve em grande parte ao texto do Steven, porque ele consegue suscitar muita coisa. Mas também teve uma produção muito ponderada e esperta.

TOM HARPER: Às vezes recebíamos páginas de roteiro no mesmo dia em que íamos gravar a cena. Isso podia dar problema, mas, por sorte, o elenco e a produção eram tão bons que era comum chegarmos no dia e saber o que fazer. O roteiro é de qualidade, assim como o elenco e a equipe técnica. Também foi libertador, em certo sentido, porque não tem como você se preparar. Você recebe as páginas e faz o que sabe, e isso quer dizer que você tem que ser espontâneo e reativo. Dá medo, mas também empolga pra caramba.

JAMIE GLAZEBROOK: Um dos primeiros exemplos do que estamos falando foi na primeira temporada, quando os Peaky estão em uma ponta da Garrison Lane e Billy Kimber (Charlie Creed-Miles) e seus capangas estão na outra. No final da temporada. É óbvio que vai rolar um tiroteio. No roteiro original, o plano era uma batalha, com gente entrando no Garrison e as balas derrubando vidros. Seria uma cena de ação total, o OK Corra[3] daqueles tempos. Mas pensamos que não ia dar para montar direito. Pedimos ao Steven para pensar em outra coisa e bolamos uma imagem extraordinária: duas gangues, cada uma em sua formação na rua, e Ada, de preto, empurrando o carrinho de bebê entre os dois grupos.

De repente aquela imagem ficou mais forte; ela fazia você voltar à guerra. O diretor Tom Harper usou aquele truque típico do Sergio Leone, de criar a tensão. Foi incrível, partindo

do instante em que Tommy fala do "Minuto do Soldado". Você vê a criança correndo pela Garrison Lane e a partir dali só cresce.

STEVEN KNIGHT: Quando fomos pensar no visual do seriado, no estilo, lembrei das pessoas que eu conheci quando criança. A ideia era misturar aquele visual com moda cigana. A mesma coisa com as pessoas que trabalhavam nos canais e nos barcos. Tem desenhos especiais no figurino: coletes, rosas, marfim, padronagens. Eu queria manter tudo isso somado ao estilo urbano e gângster. Essa mistura era essencial para o visual. Parte cigana, parte povo dos canais.

Tinha uma coisa ali que era fundada na realidade. Na Primeira Guerra Mundial, as tropas britânicas e australianas raspavam o cabelo porque as lêndeas do piolho se acumulavam na nuca. Como eles não queriam raspar tudo, tiravam só da nuca e das laterais e deixavam o cabelo na parte de cima. Quando eles voltaram da guerra, deixaram o cabelo daquele jeito. Alguns deixaram crescer e a guerra ficou para trás. Outros seguiram daquele jeito. Tem fotos de presos da época com muitos com esse corte de cabelo.

As roupas eram sensacionais. Eram pesadas, bem trabalhadas; os ternos eram sob medida e costurados à mão; as roupas sempre combinavam. Os homens cuidavam muito do visual. Hoje estamos mais acostumados à mulher cuidar da aparência, mas naquela época os homens eram dândis. Em Londres e em

3. Famoso tiroteio do Velho Oeste que aconteceu na cidade de Tombstone em 26 de outubro de 1881. Foi retratado em mais de uma dezena de filmes e seriados, além de livros. [N. do T.]

qualquer cidade grande, como Glasgow, você sabia quem eram os gângsteres por conta da roupa. Eles se vestiam bem. Era igual nos Estados Unidos.

Eu acho que uma parte dessa pose veio das forças armadas. Os homens eram obrigados a usar uniforme, mas quando voltaram do combate pensaram: "Dane-se, eu vou vestir o que eu quiser, eu vou botar banca." O outro motivo era que naquela época o povo de Birmingham vivia em um ambiente muito pobre. Eles não tinham controle de nada, fora das roupas, por isso gastavam muito no que vestiam. Foi uma ótima oportunidade de trabalhar o visual do seriado. Voltei à ideia da mitologia e decidi que todo mundo tinha que ter um visual fantástico, porque a realidade nos permitia.

Peaky Blinders coincidentemente reverberou com o *zeitgeist* da moda. Uma coisa afetou a outra. Havia uma tendência de os homens saírem mais elegantes e de as mulheres gostarem de homens que usavam esse tipo de roupa. Cuidar do visual voltou à moda. Inclusive me enviaram uma foto do time de futebol da Suécia a caminho de um jogo no exterior: o time inteiro de terno e boina; o técnico vestido de Alfie Solomons (Tom Hardy). Em Nova York se via gente vestida daquele jeito; em Santa Monica, na Califórnia. Entrei num bar da Turquia e vi três sujeitos vestidos de Peaky Blinders. Foi demais.

CARYN MANDABACH: A moda segue a TV. Eu não sou caubói, mas eu uso botas de caubói e uso uma bandana no pescoço. As boinas tinham um significado. Eles usavam por vários motivos, incluindo fins violentos, pois tinham as navalhas costuradas nas abas. John F. Kennedy não usou chapéu na posse, em 1961, e a partir daí ninguém mais usou chapéu. Teve um impacto imenso. Antes do JFK, todo mundo usava alguma coisa na cabeça. Por isso, não fiquei nem um pouco

surpresa quando começaram a copiar nosso visual.

JAMIE GLAZEBROOK: Otto não contou que íamos ouvir Nick Cave na abertura do seriado. Mas sempre esteve na nossa cabeça que *Peaky Blinders* não podia ser um drama de época indigesto. A música ficou perfeita. Todo mundo ficou com um sorrisão no rosto, porque era exatamente o mundo e o estado de espírito em que Steven estava pensando.

A música-tema, especialmente "Red Right Hand", de Nick Cave & The Bad Seeds, conseguiu suscitar o que Cillian chamou de "toque fora da lei"; você se dá conta de que está assistindo a uma coisa na linha do bangue-bangue à italiana. Achamos importante ter a empáfia. Usamos a música como uma maneira de entrar na cabeça dos personagens. Ela nunca está ali para injetar energia no episódio. É o monólogo interno dos personagens.

Eu adoro que a música tira você do passado, não faz você pensar que é um drama de época. Deixa tudo mais presente.

SHAHEEN BAIG: A primeira vez em que eu me dei conta de como ia ser especial foi na sessão de leitura do primeiro episódio. Na primeira sessão, Otto fez eu ler junto, porque às vezes não se tem todo o elenco e um ou outro personagem precisam de intérprete. Eu olhei para todo mundo na mesa e era um pessoal extraordinário. Nunca fiquei tão nervosa na vida. *Valeu, Otto, muito obrigada.* Quando ouvi cada um lendo seu papel, achei que tínhamos algo especial.

E depois, quando vi o primeiro episódio

com Nick Cave & The Bad Seeds misturado à ação, foi extraordinário. Eu acho que a música é outro personagem de *Peaky Blinders*, um personagem que começa importante e continua assim ao longo da série. Eu senti que estava assistindo a um seriado ambicioso.

CARYN MANDABACH: *Peaky Blinders* foi um fracasso assim que começou! É só você conferir os números da audiência: ninguém assistiu! Tinha espectadores que acharam que não era para eles, que era coisa para outro tipo de público porque eles não assistiam à BBC2. Achavam exótico demais.

Nós ganhamos espaço por conta do iPlayer[4], que estava começando; tivemos a sorte de ter sido na mesma época. Se espalhou pelo boca a boca. A verdade é que eu agradeço aos céus pelos britânicos serem tagarelas. Não fomos um sucesso, mas nos sentimos honrados com quem nos adorava. Acho que foi só na temporada três que tivemos a virada. E o crédito é 100% da BBC por não ter soltado nossa mão.

---

4. Serviço de *streaming* da BBC. [N. do T.]

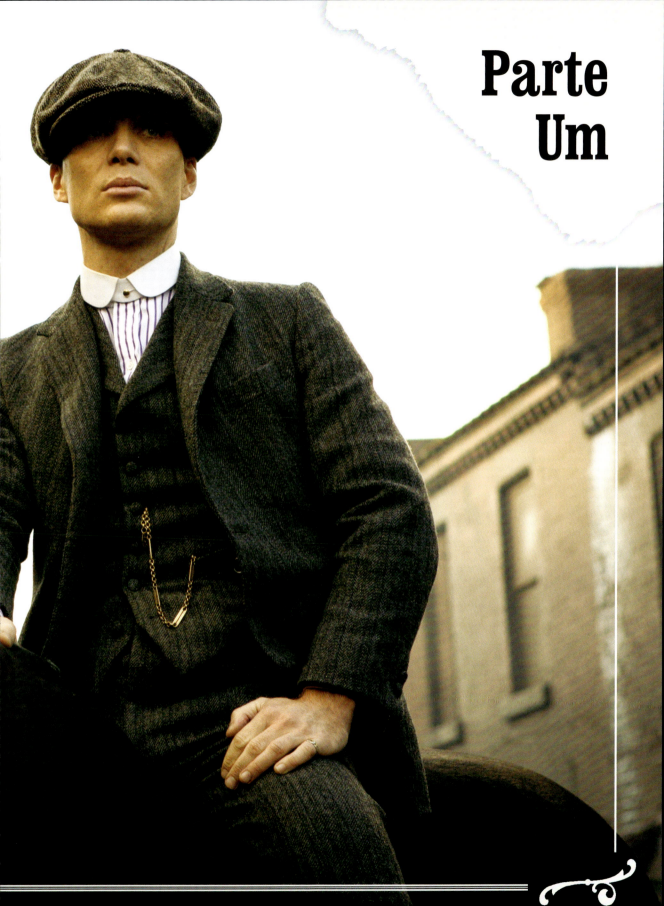

Parte Um

O Chefão

Cillian Murphy fala de Tommy Shelby.

Quem é Tommy Shelby? Esta é uma das grandes perguntas de *Peaky Blinders*.

Para um ator, é um personagem muito fértil. O fato de que este homem foi formado pelas experiências que viveu na Primeira Guerra Mundial tem sido o motor por trás do seriado. Sua geração – muitos desses rapazes, na verdade, como seus irmãos Arthur e John, e seu amigo Danny Whizz-Bang (Samuel Edward-Cook) – foi parar em uma guerra tenebrosa e, quando voltou, eram outras pessoas. A experiência com o conflito criou uma dualidade em Tommy que vemos assim que o conhecemos, desde o começo da temporada um. Fica evidente que ele tem uma inteligência apurada; ele é um soldado condecorado, portanto foi corajoso em conflito; mas, em termos emocionais, ele ficou destruído. Ele sofre o que se chamava na época de *shell shock* e hoje é conhecido como trauma pós-guerra ou transtorno de estresse pós-traumático. Era bastante conteúdo para eu me aprofundar. É daqueles papéis que são dádivas.

Para me preparar, pesquisei muito a respeito do impacto dos traumas nos soldados da Primeira Guerra Mundial. Li bastante. Hoje em dia todos sabem que os soldados que voltaram daqueles horrores não tiveram muita ajuda nem apoio. Muita gente via os homens que sofriam de *shell shock* como covardes. Não havia terapia, não havia entendimento do estrago pelo qual eles haviam passado. Eles foram jogados de volta à sociedade e só disseram para eles tocarem a vida. Pensar numa situação dessas nos dias de hoje é de assustar, mas, como sabemos, os horrores da guerra que existiram naquela época continuam existindo, mesmo que eu não tenha nem como conceituar as situações que Tommy Shelby viveu e testemunhou. Tentar colocar tudo isso no personagem, misturar e fazer algo de inovador foi meu estímulo.

Nesse período entreguerras, Tommy Shelby tem uma jornada incrível: ele ascende de uma família de classe operária como ambicioso gângster até tornar-se Oficial da Ordem do Império Britânico – Tommy Shelby, OBE (*Officer of the British Empire*) – e Deputado do Partido Trabalhista, representando Birmingham. Mas esta trajetória, junto às emoções e ideias que ele tem ao longo do caminho, foram delineadas pela Primeira Guerra Mundial. Acho que foi isso que o deixou com um desdém enorme pelo *establishment*, pelas autoridades, pela aristocracia, pelos oficiais militares, pela cavalaria, até mesmo pela religião. Também acabou com qualquer medo da morte que ele pudesse ter antes do conflito – o medo, no caso, que tem uma pessoa normal. Acho que sua postura após a guerra, combinada a sua desenvoltura e intelecto, ambos inflexíveis, o transformaram numa flecha em termos de mercantilismo e ambição. Eu penso que ele é absolutamente destemido. É isso que o torna um estrate-

Não sou traidor da minha classe. Sou apenas exemplo extremo do que o trabalhador pode alcançar.

Tommy Shelby

gista inacreditável e um inimigo muito perigoso de se ter. Acho que seu ânimo se definiu da seguinte forma: "Vou me apossar de tudo que posso, e rápido, porque eu não tenho medo de morrer. Se eu morrer amanhã, tudo bem. Mas enquanto me deixarem vivo, eu vou tomar tudo para mim."

Mais à frente, quando o seriado passou da temporada quatro à cinco, o círculo de Tommy se fecha em termos dos valores que talvez ele tivesse quando era mais jovem. Há indicativos: ele tinha ideais socialistas e talvez fosse membro do Partido Comunista. Acho que estes valores, apesar de seu empenho, estão voltando aos poucos. Não haveria como negar que as várias situações em que ele se envolve e a maneira como ele as conduz – com violência, com matanças – são horripilantes. Mas ele tem algo de bom no cerne, que estava dormente. Conforme sua história avança (e ele monta a Fundação Shelby e torna-se parlamentar), acho que se lança nova luz a esses valores.

A guerra afeta até a maneira como ele reage como pai, mais à frente na trama. Remonta às experiências que ele passou antes da guerra e como era o mundo antes de ele ver tanta morte e destruição, e que a guerra não tinha sentido. Creio que seja a ideia de querer preservar a inocência das crianças, uma sensação pela qual todo pai passa, mas que, por conta de tudo que Tommy viveu, ficou amplificada. E porque, no mundo em que ele vive, seus filhos são alvos. *Sempre serão alvos.* Ele tem isso de amar os filhos, de querer criá-los e conduzi-los à idade adulta com segurança. Mas, se você é uma pessoa como Tommy Shelby, eles sempre estarão na mira. A vida dele é de nervosismo constante.

É através dessas relações que enxergamos momentos de luz. Ele fica um pouco mais suave quando conhece Grace Burgess na temporada um. Então se revela que ela trabalha contra ele, como agente infiltrada da polícia a serviço do inspetor-chefe Chester Campbell. Esta traição é um retrocesso para Tommy. Mais à frente, quando eles se reconciliam e casam, é certo que ele fica um pouco mais suave. Mas é uma coisa que também se vê durante sua relação com os Shelby. Mesmo que sua relação

> *Eu sei que vocês querem que eu diga que eu vou mudar, que essa porra desse negócio vai mudar. Mas aprendi uma coisa nos últimos dias... Os políticos, os bostas dos juízes, dos lordes e das damas... Eles são piores do que nós. E, por mais que nos tornemos legítimos, eles nunca vão nos aceitar nos palácios porque nós somos quem somos.*
>
> Tommy Shelby

com a família como um todo seja complexa, extremamente carregada, tensa – tal como é com Arthur, Polly e Ada –, eu acho que ele daria a vida por todos os familiares. Grace é o princípio de quando vemos isso no personagem.

Há contratempos para Tommy na trajetória, mas, ao longo da trama, sempre me parece que ele está evoluindo, mesmo que bem devagar, e alcançando um ponto que lembra uma pessoa equilibrada.

Depois de passar quatro anos em combate durante a Grande Guerra, a única forma de expressão que dá resultado na cabeça de Tommy Shelby é a violência. E é óbvio que, nisso, ele se destacava. Hoje vemos uma violência na rua e ficamos chocados, ficamos abalados. Nos anos 1920 e 1930, porém, eu acredito que era lugar-comum. O que se vê de interessante no texto de Steven Knight é que, quando há violência, sempre há consequências. Se a pessoa é espancada, como acontece com Tommy nas mãos do Padre John Hughes (Paddy Considine) na temporada três, ela vai para o hospital e passa um tempo internada. Se matam alguém da Máfia italiana, a Máfia vai para cima dos assassinos com sua *vendetta*, como vimos na temporada quatro. Há um preço a se pagar, e é alto.

Eu digo tudo isso com a ressalva de que estamos tratando de um seriado sobre gângsteres. Não creio que seja a vontade de Steven deixar a violência sensual ou glamurosa; violência é uma coisa suja, complexa. Tem mortos e feridos. Gente que é destruída pela violência. Por isso eu penso que Tommy sabe como a violência é eficiente em termos de um instrumento para manter seus adversários distantes, para intimidar e para manter o poder. Mas não é algo de que ele goste.

Ele passa algum tempo com vontade de ter um negócio legítimo, no sentido empresarial, até que, na temporada três, ele se dá conta de que os membros do *establishment* não são gente melhor que os Peaky Blinders em termos de valores e crenças. Acho que é por isso que ele entra com tanta tranquilidade na política, pois corrupção é algo que lhe é familiar. Tommy pensa:

"Eu entendo disso aqui; eu entendo desse mundo". Acho que ele fica à vontade com o fato de ser um forasteiro, um gângster. Ele para de tentar esconder quem é de verdade.

É uma parcela do personagem que eu acho interessante, porque é a narrativa clássica do gângster. A ideia de que a pessoa pode partir das ruas perigosas de Birmingham, ou seja lá de onde for, e tornar-se legítima. Depois, normalmente, tem-se a queda. Acho que, no caso de Tommy, o arco é um pouco diferente. Ele pensa: "Tá bom, agora vou ficar com um pé nesse mundo, nesse mundo legítimo do poder, mas também posso deixar um pé no outro." E ao longo disso ele começa a se perguntar se as crenças que ele tinha quando jovem, os valores socialistas, não eram totalmente errados.

Afora o relacionamento com Polly e o casamento com Grace, em muitos momentos a postura de Tommy quanto às mulheres lembra transações. É evidente que os aspectos físicos costumam ser transacionais, tal como acontece com a viúva rica do haras, May Carleton (Charlotte Riley), na temporada dois (Tommy ainda está sofrendo por ter sido traído por Grace). Ao mesmo tempo, contudo, ele nunca, nunca foi violento com uma mulher, e acho que não trata isso como algo consciente. "Eu trato as mulheres com igualdade", ele diz. A questão é simplesmente essa: "Eu quero quem for melhor para o serviço,

Às vezes o homem de bem precisa resistir.

Tommy Shelby

seja homem ou mulher." Acho que, mesmo não sabendo, ele é um protofeminista. Gênero é uma coisa que ele não concebe; quando se trata do que tem que ser feito, ele seleciona a melhor pessoa, e é por isso que ele tem tantas mulheres ao seu redor. Também acho que, por conta de seu estado psicológico, ele leva muito tempo para conseguir se vincular às mulheres de um jeito que seja significativo em termos emocionais.

Mas ele é transacional em muitas das relações. Quando se mete com os russos na temporada três e deixa a polícia levar Arthur, Polly e outros Shelby, Tommy vira implacável até com a própria família. Acho que nestas situações ele passa por uma certa dissonância cognitiva. Ele pode dizer àqueles de quem gosta: "Olha, eu até posso te amar, mas vou te manipular quando for estratégico. Isso não deve afetar o respeito que um tem pelo outro, é óbvio que você é da família e eu te amo, mas... eu vou te usar." Ele dá algum jeito de deixar isso compartimentado, de modo que o amor e suas estratégias comerciais na ilegalidade consigam coexistir sem problemas.

Quando eu estou interpretando o personagem e envolvido na cena, é comum que eu pense: "Bom, tem três formas de entender o que se passa. Uma é que ele está agindo do fundo do coração porque ama essa pessoa. Ou ele quer tirar alguma coisa dessa pessoa. Ou ele está agindo pelos dois motivos." É fascinante, e o público pode interpretar da mesma maneira. Podem dizer: "Ah, ele é só um canalha que usa a família." Ou: "Ele ama a família e quer o melhor para eles." Ou as duas coisas. É muito divertido brincar com essas interpretações e não existe uma certa. É o que o público entender, ou como quiser entender. Eu penso que, se você assistir a *Peaky Blinders* de uma vez só, vai entender de um jeito. Se você assistir a cada temporada quando estava passando na TV, vai entender de outro. Essa é a beleza dos seriados de longo prazo: sua interpretação pode variar de acordo com o jeito como você consome.

Dentro do enredo há uma trama complexa de personagens femininas que moldam como Tommy age ou reage. Temos Gra-

ce, Lizzie, sua irmã Ada – todas são mulheres fortes que giram na sua órbita. Creio que Polly Gray, sua tia, seja a aliada mais próxima de Tommy. Aos olhos dele, ela é a familiar de maior confiança, tanto por conta do seu intelecto quanto pela sua conexão com a cultura cigana romani, com a qual Tommy ainda tem ligação forte. Ela consegue interpretá-lo como ninguém; isso é o que ela tem de forte. Mas a relação entre os dois é estranha. Ela é a tia, mas às vezes a relação parece de irmã e irmão. Em outros momentos parece uma relação de mãe e filho. Vez que outra parece marido e mulher. Há elementos de todas estas relações ali dentro. Acho que é a relação de que eu mais gosto no seriado, porque é muito complicada, muito confusa e porque nunca se resolve. Está sempre mudando e eu acho genial

poder jogar com isso. Além disso, é claro que eu amo atuar com Helen McCrory. É uma das minhas atrizes prediletas. Acho que a relação entre Polly e Tommy é chave para o sucesso do seriado.

Quando essas relações são afetadas, há um retrocesso na evolução de Tommy rumo ao ser humano equilibrado. Um exemplo é a morte de Grace na temporada três. Ele sente a perda, mas não sabe lidar com tanta emoção. Ele está sofrendo, mas não expressa o que sente. O sentimento acaba se manifestando como um isolamento por decisão própria, ou como raiva. Tudo isso é interessante do ponto de vista dramático. Eu acho que é por isso que o público fica tão fascinado com o código de família dos gângsteres. Gente dessa estirpe se comporta de um jeito mais exaltado. Às vezes assistimos a essas reações extremas e passa pela nossa cabeça: "Meu Deus, como eu queria reagir assim!" Ou: "Eu ia adorar me expressar desse jeito, fazer esse escândalo." É atraente: reações extremas em que tudo fica no volume mais alto que há.

O motivo pelo qual relações como a que existe entre Polly e Tommy funcionam tão bem, assim como sua relação com Arthur e Ada, é porque o texto é um dos melhores que você vai encontrar na televisão mundial. Steven é um roteirista que está no ápice da potência. Uma vez ele me disse que a trama e os diálogos surgem a ele como se brotassem de uma nascente. É a mesma coisa com os personagens que ele constrói, já que ele é de Birmingham, já que ele ouviu essas histórias quando era criança e criar a partir disso não lhe dá trabalho. É uma alegria. Temos muita sorte de ter um roteirista que escreveu, até o momento, trinta horas de seriado iguais a estas.

Quando se tratou de moldar o personagem de Tommy, acho que no início houve um diálogo maior entre nós dois. Pelo que eu consegui entrever, Steven escreve conforme o ator. Ele sabe como eu sou, sabe como eu interpreto os personagens e escreve de acordo. Mas, como o texto é maravilhoso, eu não quero mudar nada. Discutimos algumas coisas. Discutimos a jornada, discutimos o arco da trama, mas os roteiros chegam a mim com antecedência e, sempre que eu leio, não tenho como ficar mais grato.

Instrumento Indelicado

Paul Anderson fala de Arthur Shelby.

Não vamos nos equivocar quanto a Arthur Shelby. Ele é um cachorro bravo que está contente quando está do lado de Tommy, protegendo o irmão e o resto da família. Arthur ama essa função.

Mas ele é muito mais. Na realidade, ele é uma alma sofrida, afetada pelos horrores da Primeira Guerra Mundial e tudo que viu no campo de batalha. Digo isso porque não é muito interessante para um ator interpretar um homem que é simplesmente perigoso, um homem maligno, um homem violento. É divertido, mas não envolve. Arthur tem grandes cenas de briga, tem uma raiva incrível, mas, no contexto emocional e dramático, isso não me basta. Não acho que exista algo de bom em interpretar um homem violento só por ser violento. E Arthur Shelby é muito mais.

Ele é indefeso e ele é sem rumo na vida; ele foi afetado pela violência que o país lhe infligiu durante um conflito político. (Assim como Tommy, que, à maneira dele, é tão ferrado quanto Arthur.) Steven escreveu Arthur como um personagem que voltou do campo de batalha cheio de problemas psicológicos e eu me esforcei para colocar isso na tela. Arthur tem a típica personalidade de viciado. Ele é viciado em drogas e curte uma bebida – e cocaína, assim que ele é apresentado ao "Tóquio" na temporada dois. Acho que ele nunca passou uma temporada sem se drogar. Eu cheguei a falar ao diretor: "Olha aqui, eu quero usar cocaína em todas as cenas. Sempre que tiver uma chance, quero que ele apareça cheirando." Eu queria mostrar que homens como Arthur se automedicavam para afastar os pesadelos da época de soldado. Ele estava se chapando para aliviar o *shell shock* porque é isso que essa gente fazia naquela época: bebia, brigava e transava para esquecer.

Depois de tantas temporadas de *Peaky Blinders,* eu conheço Arthur muito bem. Um dos pontos mais fracos dele, acredite se quiser, é o amor. O amor que ele tem por Tommy é gigante; o amor que ele tem por toda a família é gigante. Mas, como nós vemos ao longo de toda a trama de Peaky Blinders, amor, lealdade e confiança estão sujeitos a abuso. Quando Arthur sente-se traído neste aspecto, é comum ele perder o controle.

Na temporada um, seu pai, Arthur Shelby Sr., aparece e lhe vende o sonho de se mudar para a América e abrir o "Cassino Shelby", com Arthur de sócio. "Já vejo o nome na marquise!", ele diz ao filho. Então ele usa Arthur para roubar dinheiro da família. É uma atitude que acaba terminando numa decepção amorosa. O amor que Arthur sente pelo pai nunca é recíproco – Arthur Shelby Sr. só demonstra amor a Arthur para roubar da família – e ele acaba largando essa veneração.

Quando Arthur reencontra seu pai na plataforma da estação

Conte pro seu chefe o que você viu. Diga que ninguém vai foder os Peaky Blinders.

Arthur Shelby

de trem, fugindo de Birmingham, ele percebe que o pai nunca teve intenção de levá-lo para a América; não havia nem cassino. Mas Arthur tinha acreditado em cada palavrinha porque tinha voltado a ser um garoto de dez anos, agindo como se o pai o levasse ao zoológico. *Ele foi inocente.* Mas Arthur Shelby Sr. voltou a ser quem sempre foi: deixou a família na mão, abusou da confiança deles e abandonou o filho. É o que deixa uma dor absurda em Arthur. Então ele tenta se enforcar no clube de boxe, mas seu nó malfeito se parte enquanto ele se debate.

Tommy também abusa da confiança de Arthur; ele se aproveita de Arthur com a desculpa de que será pelo bem maior, como na vez em que ele entrega a família à polícia no final da temporada três. Na temporada dois, Polly chega a acusar Tommy de não dar bola para a saúde mental do irmão porque ele preferia ter um "cão bravo" a seu lado do que um cara arrastado; do que um soldado que anda mais abobalhado porque toma ópio e brometo – o remédio para atenuar o trauma. Cillian e eu conversamos sobre esse assunto há pouco tempo. Entendemos que Tommy não quer que nenhum mal recaia à família Shelby, mas ele nos usa para suas ambições quando necessário.

Sempre que eu falo sobre o seriado, tem vezes que eu falo como o Arthur e tem outras que eu falo de como vejo Arthur por fora. Eu saio de Arthur e tenho minhas concepções. De fora dos personagens, tanto eu quanto Cillian nos damos conta de que estamos nessa há anos, interpretando essas personalidades, e eu acredito com toda veemência que, quando botamos o figurino, Cillian e eu somos Arthur e Tommy. Nos sentimos irmãos. Eu olho para o Cillian e não vejo o Cillian; vejo o Tommy. Cillian olha para mim e enxerga o Arthur, não o Paul.

Eu tenho um grande amor pelo Tommy. Um afeto que é fraterno, arraigado, profundo. Quando estou no personagem, mesmo que a câmera não esteja ligada, até de piada eu corro para defender o Tommy. Vira uma brincadeira. Se alguém da equipe técnica ou um fã entra no *set* e tenta chegar perto de Tommy, eu me boto na frente para proteger. É uma coisa que

se tornou natural, uma reação típica de Arthur. Nessas horas eu não estou atuando.

Mas esse amor não fica só no Tommy. Quando John morre na temporada quatro e vemos ele no leito de morte… foram cenas em que eu não precisei atuar. O que eu senti foi genuíno, muito próximo do que Arthur podia estar sentindo. Ver John daquele jeito, depois de ser baleado pelos Changretta, foi como ver aquilo acontecer com meu irmão de verdade. É óbvio que eu não vivo no mundo do crime e Deus me livre de algo acontecer com meu irmão de verdade, mas é certo que não precisei me basear num fundo emocional imaginado quando estava atuando. As emoções que eu senti, as sensações que eu tive, foram reais. Todas. Joe Cole sair do seriado foi como perder um irmão. Não me surpreendi com a tristeza que eu senti naquela manhã.

O ponto mais fraco de Arthur é sua esposa, Linda (Kate Phillips). Ela que fez Arthur mudar; ela é uma brecha na couraça. Tem gente que diz: "Peraí, não seria legal ver o Arthur casado, numa fazenda, criando galinha..." É uma coisa que chega a ser comentada, meio aos cochichos, na temporada três, quando Arthur vai se mudar para a Califórnia com Linda e abrir uma mercearia para fugir da vida do crime. Ninguém além de Linda faria Arthur tomar uma atitude como essa.

Do mesmo modo que o Superman se disfarçava de Clark Kent, Linda dá um *alter ego* a Arthur. Ela sabe como domá-lo, embora Arthur deixe de ser quem é. Ela faz ele se vestir de interiorano. Ele brinca de ser pai. Ele brinca de ser homem do campo. Ele até deixa o cabelo crescer e perde o corte Peaky. Mas aquele ali não é o Arthur; ele não está sendo fiel a quem ele é. É fingimento. E isso é perigoso, dada a personalidade que ele tem.

Eu imagino que em todas as noites desse período ele estava lá, na casa do interior, um copo de uísque na mão, um revólver no colo. Podíamos até ter filmado uma cena assim, onde ele está sentado numa poltrona, lembrando dos tempos de Peaky Blinders e com saudades da violência. Mas, mais do que violência, Arthur tem saudade daquela vivência. Ele tem saudades da camaradagem, da fraternidade, da irmandade com John, Tommy e no Garrison. Se você fosse falar com um gângster, ou qualquer um envolvido nesse tipo de vilania, a coisa que lhe seria mais importante – seu *gás* – é aquela vivência. Não é o crime. Não é a violência. O gás vem do jeito como eles vivem. É disso que Arthur tem saudade, porque Linda tirou isso dele.

O jeitinho beato de Linda também mexe bastante com a cabeça de Arthur. Ela é religiosa e impõe a fé e os ideais ao marido. A Bíblia lhe dá a confiança em Deus – ele sente que tem alguma coisa ou alguém que o protege e guia –, mas eu não acho que seja o Catolicismo nem o Cristianismo. É outra coisa. Mas qualquer pessoa no limite como Arthur vai querer se agarrar à migalha de esperança que houver: qualquer coisa que ofereça salvação ou um descanso da barulheira dentro da cabeça. Se você oferecer religião com essa promessa – "ela vai te livrar dos teus demônios, vai calar a algazarra na sua cabeça" –, ele vai topar a ideia, ansioso pelo alívio que houver.

Aquele dia na guerra em que Tommy, Arthur e os outros quase morreram, quando cantamos "In the Bleak Midwinter" com Jeremiah Jesus, o pastor – aquilo não foi a mão de Deus. Arthur e Tommy concordam que não foi. Mas, dali em diante, como eles dizem na temporada quatro, os irmãos Shelby passam a viver a vida com tudo que têm direito simplesmente porque estar vivo já é um presente. Eles conseguiram se safar da França. Aquele breve momento em que Arthur aceitou Deus foi pela Linda, não por outra pessoa.

Tommy e John debocham de Arthur por conta da religião. Eles ficam comentando que Linda deixou Arthur molenga. À primeira vista parece que ele aceita, mas com um pé atrás.

Eu sou sentimental. Só não sei que porra de sentimento é esse.

Arthur Shelby

Ele mata no peito porque a relação com John, principalmente, sempre foi assim; o conflito entre os dois é baseado no humor e na azaração. Mas depois ele vai se sentar e vai se avaliar. Arthur teria pensado: "O que eu estou fazendo? Por que eu estou rezando? Por que eu estou botando esperança nessa ideia de religião? Por que não tem uma garrafa de uísque na minha mão? Por que não tem uma arma do meu lado?" Porque, na essência, Arthur é uma pessoa com uma garrafa de uísque e um revólver. É com esse tipo de homem que você está lidando.

O que Linda abandona depois é um homem indefeso. Arthur fica arrastado e gordo. Se Luca Changretta (Adrien Brody) e seus homens tivessem atacado Arthur na fazenda na temporada quatro, teriam tido o mesmo sucesso que tiveram com John e Michael. Se tivessem chegado em Arthur naquele momento, teria sido presa fácil: ele estava fraco e desamparado. Duvido que teria sobrevivido. Teria acabado morto.

Arthur não compartilha da mesma ambição de Tommy. Eles são bichos diferentes. Quando Tommy toma o controle do negócio dos Shelby no início da temporada um, Arthur não quer saber. O estilo de administração da família Shelby está muito bem para ele. Arthur não está interessado nos planos grandiosos que Tommy nutre. Ele não quer saber de apostas. Ele quer as ruas de Birmingham: *pubs*, extorsão, cobrar proteção. Para ele, está ótimo assim. Os planos de Tommy não o incomodam.

Mas as manobras de Tommy fazem Arthur se debater. Sendo o irmão mais velho, ele deveria estar mais no controle; é Arthur quem devia dizer o que Tommy tem que fazer, não o contrário. Do ponto de vista do ego, é difícil para Arthur engolir. É complicado ver o irmão mais novo chegar de repente e quase fazer ele passar por bobo. Sabemos que Arthur tem essa coisa de indefeso. Tem momentos em que esta vulnerabilidade o deixa propenso ao ridículo. Em outros ele vira teimoso. E digamos que ele nem sempre é inteligente.

O exemplo clássico do seu estado de espírito acontece quando se revela que Arthur é o último a saber das armas

INSTRUMENTO INDELICADO | 73

roubadas da Birmingham Small Arms na temporada um. Isso acaba virando uma temática que persiste no seriado. Em alguns casos, talvez seja melhor assim. Ele está sempre agindo inadvertidamente. Steven não o escreveu como idiota total, mas ele faz burradas.

Ele tem um bocão, como se vê na temporada um quando ele revela a Grace, no Garrison, que Danny Whizz-Bang não morreu. Ela liga os pontos e descobre que a cova de Danny é uma armação – foi lá que eles esconderam as armas roubadas. Mas Steven não quer que Arthur seja burro. Quando ele é

planejador e quer ser astuto como Tommy, ele dá conta. Mas tem momentos em que achamos que Arthur não é muito esperto. Na realidade, ele tem como ser.

Arthur não percebe as qualidades que tem. Há quem perceba. Talvez seja eu, do jeito que eu sou – e não me identifico com as qualidades dele –, mas muita gente me diz: "Nós amamos o Arthur, queremos o bem do Arthur, esperamos que ele fique bem." Eu acho que é porque o público percebe que ele se abre, que ele é à flor da pele. *Ele é quem ele é*. Ele não finge, ele não mente. Ele é o que você está vendo e acho que o público gosta desse tipo de coisa num personagem. Sei que eu gosto. Não quero ser ferrado por uma pessoa mascarada, uma pessoa que mente o tempo todo. Quero alguém que faça parte da minha vida, um amigo, que seja aberto e franco. Esse que é o Arthur.

Arthur não tem tempo para as mulheres. Eu digo isso do jeito mais simples, por mais que não seja politicamente correto, mas era o mundo em que ele vivia. Temos Linda, sua esposa. Talvez a tia Polly seja a única outra mulher que tem algum efeito ou relevância sobre o que ele pensa. Fora isso, Arthur não sente nada quanto a mulheres. Absolutamente nada. Lizzie Stark (Natasha O'Keeffe), Esme (Aimée Ffion-Edwards) e as mulheres que Tommy conhece, como May Carleton – Arthur as enxerga como nada. São apenas bibelôs sexuais, do mesmo modo que Tommy percebe a maioria de suas relações com essas mulheres como transações.

É difícil eu dizer quais cenas definiram melhor Arthur porque eu não assisti ao seriado. Eu sei que parece esquisito, mas eu não assisti a *Peaky Blinders* porque li um milhão de vezes. Eu interpretei as cenas na minha mente. Eu conheço a história de trás para a frente, então não preciso me sentar quando vai ao ar e assistir. Para mim, o que o define são as minúcias. A cena com John no leito de morte, por exemplo. Na temporada dois, eu espanquei um garoto até a morte no ringue. Eu fico possuído, derrubo o garoto, ele vai a nocaute, mas eu não paro. Continuo

Aponta esse negócio pra minha cabeça. É aqui que mora o problema.

Arthur Shelby

batendo até ele morrer. O garoto tinha só vinte anos e depois eu me sinto péssimo. Quando a mãe do garoto aparece no *pub*, ela tenta atirar em mim e diz: "Alguém tem que deter vocês." Eu lembro daquele dia. Lembro daquela cena e foi um momento comovente. Muita emoção.

Também sinto que a cena em que Arthur mata Vincent Changretta (Kenneth Colley) na temporada três foi importante para a evolução do personagem. Era o mafioso que tinha dado a ordem para matar Grace, e, se você perguntar ao Cillian qual é o ponto fraco de Tommy, é um só: Grace. E Tommy estava prestes a chegar em Changretta como Jack o Estripador. Ele saca uma caixa de torturas, cheia de bisturis e navalhas. O plano é fatiar o homem pelo que ele fez. Mas Arthur enxerga uma fagulha em Tommy, um sinal de que ele não devia ser assim e que ele não queria fazer uma coisa daquelas.

Além disso, Changretta era um idoso, um vilão velho que só dava as ordens. Os filhos dele eram os culpados. Não me entenda mal; Vincent Changretta viveu pela espada, então tinha que morrer pela espada, mas Arthur quer livrar Tommy do sangue nas mãos. Ele acaba com a agonia de Tommy – e a de Changretta –, dando um tiro na cabeça do velho, porque Tommy ia fazer do jeito mais lento e muito, muito mais doído. Mas ia acabar sendo doído para os dois. Você pode interpretar que eu matei Changretta de uma vez por misericórdia.

Eu sempre entro no *set* me dando conta da sorte que eu tenho. Muita gente diz isso quando trabalha com um bom roteirista e um bom diretor, mas não é sempre que acontece. É uma coisa incrível você receber o presente que são essas cenas, essas falas. É o que eu digo de todos os personagens no seriado – Cillian, Finn Cole, Joe Cole, todo o elenco, Helen McCrory – isso que Steven escreve é um presente para quem vai interpretar. É demais. Eu boto aquele bigode, visto o figurino e me transformo. É uma diversão interpretar Arthur e eu não tenho que brigar para entrar no personagem.

Às vezes eu tenho que brigar para sair. Eu tenho dificuldade em deixar Arthur para trás, tenho mesmo. Até onde me interessa é só um trabalho, independentemente do método ou da abordagem que eu tenha como ator. Quando estou gravando *Peaky Blinders*, acaba o dia e eu volto para casa, para minha namorada, aquilo continua me definindo. Quando acabam as filmagens, eu desligo bem devagar até voltar a ser o Paul. Assim que as filmagens da temporada terminam, tem um processo de descompressão em que eu me livro totalmente de Arthur. Até a próxima vez.

Mas, durante a filmagem, eu me entrego. Eu me entrego ao Arthur e me entrego à interpretação. Às vezes é difícil eu me livrar.

O Minuto do Soldado

Conheça *Peaky Blinders*: um drama familiar que conquista pelo amor, pela lealdade e pela violência.

A Temporada Um Vista por Dentro

Da fumaça e das portas de *saloon* da Garrison Tavern às ruas imundas e lotadas de Birmingham; das usinas cuspindo fogo aos canais, passando pelas feiras de cavalos e pelas caravanas de ciganos, *Peaky Blinders* explodiu no canal BBC2 em setembro de 2013. As tramas se baseavam em corrupção política e intrigas entre gangues; em greves operárias e poder familiar. Uma fila de mortos e desaparecidos entre a lama e o arame farpado dos campos de batalha da Primeira Guerra Mundial só aumentava a sensação crescente de desolação. *Peaky Blinders,* dirigida por Otto Bathurst e Tom Harper, com um elenco que incluía Cillian Murphy, Helen McCrory, Paul Anderson, Sophie Rundle, Sam Neill e Joe Cole, com diálogos velozes e as trajetórias entrecruzadas de cada personagem, foi definindo de forma lenta e firme outro nível de exigência para as séries dramáticas britânicas.

A trama era tão envolvente quanto complexa. Em 1919, uma caixa de metralhadoras e munição é roubada da fábrica de munições Birmingham Small Arms e cai nas mãos da empresa criminosa comandado pela família Shelby – conhecidos na cidade como Peaky Blinders. O fato foi um golpe de sorte na ficção; o enredo tem suas raízes na História.

"Eu concluí que era uma época interessante", disse Steven Knight, "porque os homens haviam ido para a guerra e as mulheres haviam assumido o trabalho enquanto eles estavam fora. O movimento sufragista surgiu ao mesmo tempo. Quando os homens voltaram, as mulheres estavam diferentes. Mas os homens também estavam, pois voltavam com traumas, e as mulheres vinham fazendo o serviço enquanto eles estavam fora. Aí aprovaram-se as leis que priorizaram o emprego para os homens."

> # Aquele minuto: O Minuto do Soldado. Na guerra, é tudo que se tem. Um minuto de tudo ao mesmo tempo. E tudo que aconteceu antes é nada. Tudo que vem depois: nada. Nada se compara àquele minuto.
>
> — Tommy Shelby

Depois de esconder as armas, a gangue comandada pelo calculista Tommy Shelby – soldado condecorado que sofre os traumas da guerra e é assombrado por terrores noturnos – entra numa corrida para movimentar a mercadoria. No rastro deles está a polícia, guiada pela mão pesada do inspetor-chefe Chester Campbell, um oficial irlandês sob comando de Winston Churchill; uma agente secreta, Grace Burgess, infiltrada no *pub* dos Peaky Blinders, a Garrison Tavern, como garçonete; e o Exército Republicano Irlandês, ou IRA, que também descobriu que o armamento está com os Peaky Blinders e tenta uma troca, seja por intercâmbio financeiro ou violento.

> ## Todo mundo se prostitui, Grace. Acontece que cada um vende uma parte de si.
>
> — Tommy Shelby

Conheça os Shelby

Sobe ao palco uma série de personagens que se tornam memoráveis em apenas um instante. Tommy, o chefão, é um homem de ambições grandiosas; ele espera ampliar o negócio de apostas dos Shelby até fugir dos rincões de Small Heath, a região de Birmingham. Seu irmão mais velho, Arthur, antes cabeça da gangue por ser mais velho, torna-se cada vez mais violento e imprevisível. Ele perdeu a au-

toridade depois de percalços emocionais em consequência da guerra e em seguida é posto de lado pelos planos ardilosos de Tommy. Enquanto isso, John Shelby apresenta-se como o mais novo soldado raso na gangue dos Peaky Blinders, uma potência sempre apta a empregar violência para ampliar as ambições da família, geralmente usando as navalhas costuradas na aba da boina.

As mulheres da família são igualmente temíveis. A matriarca Polly Gray, tia dos rapazes Shelby e capaz de despertar o nervosismo nos sobrinhos, é a única que está no mesmo patamar de Tommy na empresa. Durante a Grande Guerra, foi ela que chefiou o negócio dos Shelby, negociando apostas ilegais em corridas de cavalos. Quando os homens voltaram, ela perdeu o poder.

"Ela que estava cuidando das apostas, ela que cuidava do esquema", diz Steven Knight. "Tinha uns homens por perto que eram capangas, mas, no geral, mulheres como Polly acreditavam que os homens iam voltar e o que se dizia era que, quando voltassem, era bom que as pessoas com que ela trabalhava não tivessem feito besteira."

A postura de Polly foi enrijecida pelas circunstâncias. Nas primeiras duas temporadas revela-se que ela foi julgada mãe negligente e teve que assistir às freiras levarem seus dois filhos sem reagir, num ato de assistência social sádica. "Polly fica embrutecida", diz Helen McCrory. Mas seu personagem assusta tanto quanto encanta: na tela, a relação familiar entre Tommy e Polly parece variar entre a dinâmica de uma rivalidade fraterna, de um casamento que já azedou ou de dois amigos brigões, mas extremamente leais um ao outro. Os choques, quando acontecem, são intensos.

"Ela não leva desaforo para casa", diz Steven Knight. "E ela conhece o esquema tanto quanto Tommy, talvez mais. Como na vez em que ele desafia um gângster chamado Billy Kimber, na temporada um. Ela prega que ele seja cauteloso. Tommy tem tido sorte até então, mas Polly está sempre avisando: 'Você passou do limite'. E Tommy sempre tenta ir mais longe. Ele geralmente se safa. Há quem pense que Tommy só segue vivo por causa de Polly. É ela que garante que ele exista, às vezes evitando que ele se meta em um plano muito perigoso. Ela o alerta em relação a matar ou não matar várias pessoas…"

Ada, irmã dos irmãos Shelby, é robusta do mesmo modo. Ela casa-se com o comunista e agitador sindical Freddie Thorne (Iddo Goldberg) – homem que é tanto inimigo quanto amigo de Tommy Shelby. Quando Ada engravida, Polly incita o casal a fugir da cidade. Freddie se recusa. Logo depois ele aponta uma arma para Tommy. Mais à frente, quando Ada dá à luz um filho – Karl, como Karl Marx – Freddie é preso pela polícia e espancado. Os Peaky Blinders tiram-no da cadeia e ele acaba aliando-se a Tommy numa cena climática com Kimber e gangue, depois de uma guerra por disputa de território nas Corridas de Worcester.

Inspirações Reais

"Billy Kimber foi uma pessoa que existiu", diz Knight. "Seu neto me contou que a família passou anos sem tocar no nome. Eles tinham vergonha do familiar. Hoje ele é uma celebridade. Parece que a história verídica é que Kimber foi acusado de homicídio ou de agressão e fugiu para Chicago. Segundo a família, ele até aparece em um filme de Charlie Chaplin porque há um boato, um boato veemente, de que Charlie Chaplin nasceu em

Birmingham num acampamento cigano e que sua mãe viajava com o circo."

"Não vejo outro motivo para dois gângsteres de Birmingham – Billy Kimber e outro – terem virado seus guarda-costas. Alguma ligação ele devia ter. Quando Charlie Chaplin morreu, ele tinha um armário ao lado de sua cama e ali havia uma carta de uma pessoa de Birmingham, que dizia algo assim: 'Conheci a sua mãe e conheço uma pessoa que estava presente quando você nasceu. Você nasceu no Black Patch de Smethwick, em Birmingham.' Era a única carta que ele guardava."

Outros personagens em seguida capturaram a imaginação durante a temporada de estreia de *Peaky Blinders*: Charlie Strong, o dono do ferro velho do canal, e Curly, seu amigo encantador de cavalos; Grace Burgess, a policial infiltrada que acaba se apaixonando por Tommy – o homem cuja prisão ela conspira. E o Sargento Moss (Tony Pitts), um policial explorado e cansado de trabalhar em uma delegacia cada dia mais corrupta.

Ao longo deste drama de ricos detalhes, Tommy Shelby, guiado pela necessidade de dinheiro e poder, ganha inimigos de todos os lados. Seu método de trabalho é a manipulação. E quando John anuncia os planos de casar-se com Lizzie Stark – uma moça da cidade que se sabe que foi prostituta, e que Tommy visita uma vez ou outra – o líder dos Peaky Blinders põe a lealdade dela em dúvida. Tommy diz a Lizzie para dormir com ele por dinheiro. Quando ela aceita, ele proclama que sua intenção era que ela caísse numa armadilha: Lizzie jamais vai in-

gressar no clã Shelby por casamento – para ira do irmão mais novo.

"Escrevi aquela cena com a intenção de usar a personagem de Lizzie apenas uma vez", diz Knight. "Mas a atriz que a interpretou, Natasha O'Keeffe, foi tão bem que eu pensei: 'Não podemos perder, temos que ficar com ela.' Então comecei a pensar em qual seria sua trajetória. Foi durante aquela cena que eu comecei a plantar a ideia de que ela iria para a cama com Tommy várias vezes. Pensei em como ela ficaria apegada a Tommy."

Tommy também entra em guerra com os Lee, uma família cigana feroz que mora nos arredores de Birmingham – até que se chega a um acordo de paz, facilitado por um casamento arranjado entre John Shelby e Esme Lee. As cenas de casamento, gravadas pelo diretor Tom Harper, viraram um espetáculo de bebedeira e baderna. "Fazia um frio do caramba e não tínhamos tempo nenhum de sobra", diz Harper. "Sam Lee, o famoso cantor *folk*, estava na cena – ele faz muita música cigana e *folk*. Eu cresci vizinho do Sam, e ele estava lançando um álbum. Eu lembro de telefonar e perguntar se ele estava a fim. Ele pegou o trem na última hora e veio."

"Como não tínhamos muito tempo para filmar, a cena ficou bastante orgânica. A gravação foi de uma tomada só, contínua, com câmera portátil, porque queríamos que saísse o mais rápido possível, captando tudo ao longo do caminho. Parte do motivo para ela ter ficado com esse estilo foi que tivemos que fazer tudo na pressa. Acabou fechando muito bem com a sensação que queríamos passar do casamento: dança, bebida e vômito."

Os Lee e os Shelby tornam-se aliados num complô que acaba firmando os Peaky Blinders como agentes de apostas oficiais das corridas. Este primeiro passo deixa os Shelby mais próximos da gangue de Billy Kimber, depois de apresentarem-se como segurança viável para suas apostas no hipódromo de Cheltenham. O plano real de Tommy é se aproximar de Kimber e atacar quando ele estiver desatento. Os Lee chegam com tudo nas Corridas de Worcester para tomar o território de Kimber, no que Tommy chama de Dia da Estrela Negra, mas há uma traição no meio. Grace descobriu onde as armas roubadas estão escondidas (numa cova falsa) e informa ao inspetor-chefe Campbell, mesmo que sua posição fique comprometida: Grace já tem um envolvimento romântico com Tommy e planeja fugir de Birmingham, com ou sem ele. Durante a troca de tiros, Kimber fica sabendo do complô para invadir seu território e se dirige ao Garrison para atacar os Peaky Blinders no confronto final no fim da temporada.

Criando o visual

Fora a narrativa, o que diferencia a primeira

temporada de *Peaky Blinders* de criações contemporâneas é sua noção singular de *design*, sacadas criativas e direção de fotografia potente. Combinando a cultura das Midlands Ocidentais com a empáfia do caubói – e armando os temas soturnos de trauma pós-guerra, comunismo, homicídios, corrupção na política e terrorismo sobre uma trilha sonora que incluía Nick Cave & The Bad Seeds, White Stripes e Raconteurs –, o seriado se firmou como sucesso de crítica que conquistou o público através do boca a boca, não do alarde.

"O que eu gostei em *Peaky* era que dava para sentir o *cheiro*", disse Helen McCrory. "Dá para sentir o cheiro das mulheres, dos homens, das ruas, do fogo; da fumaça e da bebida. Eu amo esse cheiro. Como sou uma mocinha da cidade grande, esse cheiro de monóxido de carbono, tabaco e sexo é uma delícia. É inebriante."

Poucos meses após a estreia do seriado na BBC2, Peaky Blinders estava a caminho de virar um fenômeno a fogo brando. O bangue-bangue à italiana repaginado de Steven Knight como "catedrais de luz", com suas lindas mulheres e gângsteres com cicatrizes havia deixado uma marca indelével na televisão britânica.

Traumas na Birmingham pós-Primeira Guerra

STEVEN KNIGHT: Eu queria que o primeiríssimo episódio de Peaky Blinders tivesse esse tema da selvageria, focado nos homens que voltaram do terror da Primeira Guerra Mundial. Eu tinha escrito *Redenção* (2013), um filme com Jason Statham, cuja trama é centrada nos veteranos de guerra que retornam traumatizados do Afeganistão. Conheci muitos Fuzileiros da Marinha Real que haviam voltado com transtorno de estresse pós-traumático. Há lembranças deles que ajudaram a moldar as personalidades e os demônios de Tommy e de Arthur Shelby.

Mas eu também usei o trauma da guerra para moldar Danny Whizz-Bang, um personagem baseado em Tommy Tank, o veterano traumatizado da infância dos meus pais. Na primeira temporada, Danny achava que ainda estava vivendo no meio dos horrores da França, mas eu queria encaixar esse pavor em todos os personagens. Eu gostava dessa ideia de que Tommy, Arthur, Danny e Freddie Thorne haviam voltado com memórias cauterizadas no cérebro. Eram coisas que eles assistiam como se fossem vídeos rodando na cabeça. Quando eles conseguiam se liberar desse devaneio, eles percebiam que estavam há duas ou três horas só se sacudindo, sem parar.

É comum que soldados retornando da guerra fiquem com medo da rotina, ou de voltar para casa duas vezes pelo mesmo caminho. Eles se preocupam que haja um inimigo imaginário à espera. Muita gente com transtorno pós-traumático com quem eu

conversei antes de *Redenção* também tinha forte desgosto por injustiças. Se estavam andando por uma rua e acreditavam que um homem estava maltratando uma mulher, eles partiam para cima porque achavam que aquela situação ali podia acabar mal.

Os blecautes de Danny Whizz-Bang – quando ele entrava num frenesi de violência disparado por uma memória de guerra – também se basearam em relatos reais. Um soldado que eu conheci durante a produção de *Redenção* tinha perdido o olho no Afeganistão.

Ele voltou para casa e um dia estava bebendo no *pub*. De repente ele só lembra de voltar a si e estar coberto de sangue. Quando ele olhou para cima, havia um policial olhando para ele. Ele ficou apavorado ao perceber que o sangue era do policial, mas não conseguia lembrar de nada do que havia acontecido.

Eu inseri este arco da violência espontânea em Arthur; a bomba-relógio ficou com Tommy e a insanidade com Danny Whizz-Bang. Eles tinham um desejo ardente de vingança contra quem os mandou para a guerra – o *establishment* e as autoridades. E a violência foi horrenda.

Os homens voltavam da guerra com traumas. Tenho um tio que esteve lá. Uma vez, ele descreveu uma briga entre dois homens que tinha assistido em Birmingham. Parece que foi a coisa mais brutal e horrenda que ele já viu – um tentando arrancar o olho do outro. Eles não tinham limites; eles tinham visto gente do seu lado ser destroçada pelas bombas e pelas balas. Eles não tinham mais fronteira. Todos que voltavam do conflito voltavam com a fúria dentro de si.

A questão é que, sempre que alguém passa por violência na história, eles ficam *feridos* –

às vezes a temporada inteira. Nunca existe situação em que a figura lesada sacode a poeira e tudo bem. É permanente. Quando Tommy é espancado pelos homens do Padre John Hughes na temporada três, ele vai parar no hospital. Ele fica com a visão prejudicada e dali em diante usa óculos. Ele também tem uma cicatriz na bochecha, causada por Darby Sabini (Noah Taylor) durante a temporada dois.

Essas cicatrizes são símbolos. Elas nos lembram que, tal como a violência da Primeira Guerra Mundial, a violência nas ruas tem consequências. É uma coisa que se alastra até a Segunda Guerra. A outra questão é que essa gente foi testemunha de 60 mil homens explodindo em um dia só. Uma briga de faca não é coisa tão traumática. Eles já viram gente virar caquinhos. A noção que eles têm do que é violência ficou turva. Na época, os países mandavam adolescentes para morrer. O que eles sofreram ainda foge à compreensão.

Polly, Ada e as mulheres por trás dos Peaky Blinders

STEVEN KNIGHT: Não consigo imaginar por que você não teria personagens femininas de peso em um seriado como *Peaky Blinders*. As mulheres estavam no comando quando os homens voltavam do *pub*. Minha mãe lembrava de quando meu avô saía e voltava bêbado. Ela ficava acordada com a mãe, esperando ele voltar. Ele chegava, se jogava no sofá e passava as mãos pelos bolsos enquanto tirava o casaco. Era comum o soldo dele sair voando pelo recinto. A

função da minha mãe era ir para baixo da mesa e pegar as moedas porque ele não ia lembrar onde tinham caído. Aí ela entregava para a mãe dela, que comprava a comida do dia seguinte.

As histórias de vida das mulheres na época eram horríveis. Não coloquei esses detalhes no seriado porque tinha outras coisas muito horríveis, mas havia muita violência doméstica e gravidez indesejada. Um dos trabalhos de ronda de um policial era recolher os bebês. Ele saía de patrulha de manhã, quando não era incomum encontrar uma caixa na rua com um bebê berrando. A criança era levada para um hospital de família e despachada para a Austrália, onde às vezes sofria abusos.

Não há como subestimar os efeitos do álcool na sociedade daquela época. Os homens passavam muito tempo bêbados e as mulheres tinham que cuidar das crianças. Elas também tinham que conseguir dinheiro a mais para manter a casa. Não é que os homens não entendiam, *eles sabiam que era assim*. As mulheres não eram enfeites e eu queria que isso se refletisse no seriado. Em *Peaky Blinders*, os homens são tiro e porrada,

mas são as mulheres que controlam o entorno. Helen, que é uma atriz incrível, conseguiu condensar essa ideia.

HELEN McCRORY: Eu conheci essa gente. Era sobre eles que me contavam, eram meus avós. Os do lado da minha mãe trabalharam nas minas, então a pesquisa para *Peaky Blinders* teve mais a ver com lembrar de onde minha família veio. A pesquisa que eu fiz sobre as mulheres me ajudou muito. Eu aprendi muito sobre a polícia de Birmingham: em Small Heath eles apartavam mais brigas de mulheres do que de homens. E as mulheres davam soco e brigavam que nem gatas. Naquela hora eu entendi Polly Gray. Se a Polly é a manda-chuva… *quem é essa Polly?* Ela era a mais feroz de todas.

Embora eu tenha esse sotaque de quem nasceu no Palácio de Buckingham – como meu marido diz – na verdade eu venho de uma família muito classe operária. Minha mãe é galesa e meu avô materno foi soterrado nas trincheiras durante a Primeira Guerra (mas sobreviveu). Ele foi para casa com *shell shock*. Viveu numa cadeira de rodas e a esposa tinha que pegar ele no colo para dar banho, mesmo que ela fosse do meu tamanho e ele tivesse um e oitenta.

Do outro lado da família, o de Glasgow, tinha siderúrgicos que trabalhavam nas docas do Clyde. Eram homens de mãos fortes. Eu via meu avô, com aquele sotaque de Glasgow, sentado lá, fumando seu cachimbo, sem um naco da cabeça que ele sempre cobria. Foi um dos primeiros capatazes católicos num estaleiro protestante.

Enquanto vocês estavam na guerra, meninos, essa porra toda era das mulheres.

— Polly Gray

O que eu não sabia era da grandiosidade de Birmingham na época e de como era uma cidade rica e poderosa. Eu amo aquele lugar, é o nosso território, mas o que chamou a minha atenção em *Peaky Blinders* foi a mistura da pobreza real e da vida dura. E aí, por cima da trama, tinha esse lado da fábula e do glamur em tudo. Sempre que os agentes tentam vender um papel novo ao ator ou atriz eles dizem: "É parecido com isso." Ou "É meio que derivado daquilo." Não havia com o que comparar *Peaky Blinders*. E isso me empolgou já de saída.

Parte Dois

Birmingham, Campo de Batalha

Os segredos por trás dos *sets* de *Peaky Blinders*.

As Locações de *Peaky Blinders*

NICOLE NORTHRIDGE (DESENHISTA DE PRODUÇÃO, TEMPORADA CINCO):

O Escritório de Tommy

É um *set* icônico e que temos desde a temporada um. Grant Montgomery, que entrou como desenhista de produção nas temporadas um e dois, definiu o aspecto visual do seriado. Eu tinha trabalhado com Grant em alguns projetos como supervisora da direção de arte. Aprendi muito com ele, o que me ajudou a adaptar meus projetos ao mundo de *Peaky Blinders*.

Boa parte da minha pesquisa se deu assistindo a filmes como *Era Uma Vez na América,* que eu sei que influenciou o visual inicial da série. Assisti *Estrada para Perdição,* um filme de Sam Mendes com Tom Hanks. Fiquei muito empolgada porque é um filme com visual estonteante que achei que se prestava às referências visuais que vimos nas quatro últimas temporadas de *Peaky*. Entre outros filmes que assisti estão *Amor à Flor da Pele* e *Felizes Juntos,* os dois dirigidos por Wong Kar-wai. Mesmo que se passem nos anos 1960 e 1990, a textura, a cor e a atmosfera deles se encaixavam muito bem no visual de *Peaky Blinders*.

Apelidamos o escritório de Tommy de *"set Poderoso Chefão"*, porque eu sei que o filme foi uma influência forte por trás do *design* de Grant para o escritório da Shelby Company. Nós não redesenhamos nada no cenário, fora

alterar parte dos móveis para combinar com o período em que estamos, e também inventamos um monte de papelada – tudo condizente com a empresa e com as devidas datas – para decorar mesas e pastas. Há pouco tempo atualizamos o logotipo dos Shelby para ficar mais contemporâneo na temporada cinco. Decoramos com todos os detalhes possíveis, mas quanto à estrutura física em si e às cores dentro do *set*, não se tocou em nada. Sei que é um *set* que Steven Knight adora.

É o centro do poder da família Shelby. A mesa tem sua excelência. As paredes escuras deixam tudo mais brando. Um dos aspectos de *Peaky* é que a série passa uma sensação de história em quadrinhos, uma coisa meio abstrata. Isso ajuda a focar as áreas que você vai decorar, porque as bordas do cenário ficam escuras por conta do jeito como se arma a iluminação. A arte nas paredes é muito bem pensada. Os Shelby estão muito ligados a suas raízes. Eles começaram na casa de apostas, por isso tivemos muitas referências a cavalos no escritório de Tommy, mas os cavalos também nos lembraram aquela cena infame de *Poderoso Chefão*. Quisemos manter o clima de máfia.

A casa de apostas dos Shelby

É um cenário imenso. A casa de apostas pega um estúdio inteiro, que precisa de oito a dez semanas para montar e mobiliar. Para deixar tudo autêntico e realista, assim que se colocam os lambris de madeira se faz o reboco para alcançarmos a textura de "parede antiga". Depois se cola papel de parede, ou se pinta, ou se envelhece. Assim que estamos gravando, quando a luz entra, o público não enxerga como paredes lisas; vemos como paredes com reboco, com camadas e mais camadas de tinta e papel. Como você há de imaginar, depois que desmontamos o *set* para empacotar até a temporada seguinte, tem um monte de consertos na hora de remontar.

São tantas minúcias, tantas coisinhas; as salas de contagem de dinheiro, os cofres, os escritórios, as salas de reunião. Conforme Finn Shelby (Harry Kirton) cresceu e ganhou mais responsabilidades entre a família, nós lhe demos um escritório que fica dentro da casa de apostas. Botamos quadros de apostas com todos os números e temos uma pequena mesa de contagem. Dá um sabor do que é a casa de apostas: os domínios de Finn...

A Garrison Tavern

A meu ver, essa sempre seria uma empreitada das grandes. No início da temporada dois, ela explode e é reconstruída como um bar à moda Las Vegas. Na temporada cinco, quando a vemos pela primeira vez, queremos que o público a identifique como Garrison Tavern à primeira vista. Deixamos a área original, mas recuperamos o clima de *pub* de operário. Em termos de trama, faz sete anos que não vemos a taverna. Os Shelby subiram na vida e agora têm dinheiro; acabou aquela ostentação brega de novo-rico. Trouxemos o *pub* de volta às raízes da Garrison Lane, que era uma região altamente industrializada, fumacenta, movida a carvão.

Tivemos que deixar o *pub* todo gasto e marcado. Ainda queríamos que fosse acolhe-

dor, convidativo, funcional. É um *pub* de operários básico. Parece um *saloon* de *western*, o que era no início da temporada um.

Também tentamos dar um tom mais avançado, com um toque do visual *art déco* da época. Tive muitas conversas sobre o assunto com Anthony Byrne, nosso diretor (da temporada cinco). Nós dois somos da Irlanda, onde *pub* é o que não falta, e conversamos sobre os *pubs* de Dublin que conhecemos e que amamos. Um deles era o Stag's Head, o outro era o Kehoe's. Queríamos passar a sensação dos dois, principalmente do Stag's Head, que tem uns vitrais fantásticos.

Quanto às outras peças do *pub*... levou semanas para projetar os logos das garrafas. Passamos por muitas variações do rótulo do Gin Shelby até acertar: o logo de um cavalo branco, que é símbolo de esperança, que encontramos no fundo da garrafa de gin. Também botamos esse desenho no espelho gravado atrás do bar, que depois envelhecemos e manchamos para dar a impressão de que estava ali há anos. Também usamos várias aplicações de tinta nas paredes, e fizemos vários testes de iluminação. Acho que repintamos as paredes três ou quatro vezes em várias cores antes de nos decidirmos por vermelho. Achamos uma cor muito boa para o seriado porque parecia que as paredes tinham sido banhadas em sangue, uma referência ao passado dos Shelby e sua ascensão ao poder.

A mansão de Tommy

Filmamos em Arley Hall, a quarenta minutos de Manchester. Ficou perfeita. É a edificação perfeita para Tommy – uma casa fria e austera que se encaixa muito bem no personagem. Na temporada três vemos mais do terreno, e Arley Hall foi usada tanto para as externas quanto para as cenas internas no térreo. Usamos outros dois casarões para os quartos e para as cozinhas. Vemos muito mais da vida em família de Tommy, mas é um amálgama de três casarões.

Arley Hall é aberta ao público e tem muitas cores vivas por dentro, o que não funciona com *Peaky Blinders*. O seriado tem a ver com cores escuras, pesadas; usamos uma paleta muito escura, muito sensual. Pintamos a casa inteira. Os proprietários têm um monte de retratos de família, do qual têm os direitos de reprodução, então nós temos um monte de quadros genéricos para preencher o espaço da parede. É óbvio que alguns não se aplicam, então temos que ir a "casas de aluguel" onde os direitos são liberados e pegamos quadros que tenham a ver, aí decoramos a casa inteira.

A casa também é muito procurada para eventos. Lembro de ficar apavorada quando descobri que só teríamos dois dias e meio, quem sabe três para decorar. Era o tempo para tirar tudo da casa e transformar em *set* de *Peaky Blinders*. Foi uma missão e tanto.

Há pouco tempo tivemos que conseguir três quadros grandes para a sala do conselho da Shelby Company. Usamos um artista incrível chamado Desmond Mac Mahon, e ele pintou Tommy, John e Arthur. O diretor e o supervisor de direção de arte combinaram que fotos iam enviar para o artista. Por sorte tínhamos três fotos de divulgação muito boas da última temporada, que ficaram um primor.

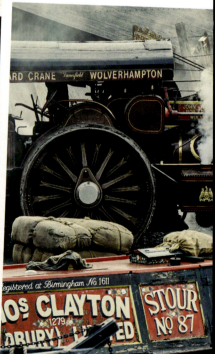

Desmond foi orientado quanto ao estilo que queríamos, foi à National Portrait Gallery e passou dias juntando referências sobre estilos edwardianos. Ele pintou vários esboços a óleo e mandou. Você devia ter visto os esboços: eram inacreditáveis! O que ele produziu para a gente foi absurdo. Assim que se encerram as filmagens da temporada, todas as pinturas são encaixotadas e vão para um depósito.

O lote de Charlie Strong

O lote fica no Black Country Living Museum em Dudley, que é aberto ao público e é um canal em uso. Só temos acesso por veículo para nossos caminhões de figurino até as dez da manhã. A decoração é tipo uma operação militar. Precisamos ser muito exatos no cronograma e nos planos quando temos que decorar *sets* gigantes que nem esse. O que os fãs não se dão conta é que tem muitas estradas em volta, o que o torna uma locação bem difícil de gravar. Acrescentaram iluminação urbana ao acesso duplo para carruagem que cerca o Museu Vivo, o que dificulta gravar à noite. Mas fica incrível na tela.

Os utensílios e equipamentos vêm de uma loja fantástica de adereços para teatro e cinema perto de Manchester, mas as barcas já estão lá. Nós que desenhamos as letras em cada uma, e temos que esconder aprimoramentos modernos que os proprietários fizeram. Alguns dos barcos têm cem anos, então temos que cuidar muito bem o que se faz com cada um e como usar. São objetos a se tratar com o máximo de respeito.

O acampamento cigano dos Lee

Peaky Blinders é um dos poucos seriados em que eu trabalhei no qual temos uma reação bem positiva de qualquer pessoa a quem pedimos ajuda com mobília ou artes. O público ama o seriado; ajuda muito que a crítica seja muito boa e a reputação também. Mas também dá um trabalho pesado porque cada *set* e cada locação dependem de muita pesquisa. Por exemplo: nós temos um monte de referências visuais ciganas e é vital que o seriado capte essa sensação cigana pura sem que pareça uma coisa muito romântica. Os ciganos de fim dos anos 1920 tinham um visual mais romani.

Demos muita sorte porque a empresa que nos fornecia os cavalos, a Devil's Horsemen, tem vários reboques ciganos de época. Os reboques eram muito decorados. O visual fazia parte da cultura. Eles também faziam barracas e acampamentos, quase bivaques, e nós reproduzimos vários. As estruturas eram basicamente com toras, com cobertura de oleado e tecido. Depois montamos zonas de convivência externas com fogueiras, cozinhas, espaço de preparo de alimentos e lavanderia.

Eu fiz muita pesquisa sobre os tempos coloniais na Índia para (o seriado dramático) *Indian Summers*, e lá os britânicos costumavam morar na área externa por causa do calor. Toda a mobília de dentro da casa era levada para fora. Não era incomum ver uma família sentada a uma mesa de jantar gigante, com todas as cadeiras em volta, numa refeição a céu aberto. Este visual também se aplicava aos ciganos dos anos 1920. Eles viviam a céu aberto e, assim, para as cenas externas, montamos tudo do lado de fora.

A casa de cada pessoa se decompunha em áreas: aqui era a área de estar, a de cozinha, a de lavanderia – tudo que fosse essencial para o acampamento. Depois botávamos os babados. Os ciganos de *Peaky Blinders* viviam da terra e caçavam bastante, então decoramos com coelhos e faisões de mentira. Também tinha muitos animais à vista: deixamos cães andando em volta; os cavalos eram amarrados. Tentei botar animais onde pudesse porque faziam parte da vida cotidiana.

Os Carros de *Peaky Blinders*

Usamos uma empresa de aluguel de automóveis especializada em veículos de época, mas eles não têm estoque. O que eles têm é uma lista de carros *vintage* que podem contratar. Temos que manter o seriado na época, então tentamos pegar o que seriam os últimos modelos da época.

É frequente alugarmos carros de gente que nunca trabalhou com uma equipe de filmagem. Durante a gravação, o proprietário costuma vir com o carro e sempre contamos qual personagem vai ser o dono do veículo dele e o que precisamos fazer com o automóvel, porque você tem que ser franco com a pessoa em relação ao que vai acontecer. Tipo, se formos explodir o carro…

Quando fazemos uma coisa dessas, nós repassamos fotos de uns três tipos de veículos do período que podemos usar de substituto do que alugamos. Então vamos aos leilões e compramos uma versão detonada, ou vamos numa loja comprar um chassi velho. Aí construímos uma versão nova do carro. Temos o modelo *vintage*, nos trinques, funcional, e o recém-construído, que entregamos ao setor de efeitos especiais. Eles secam o tanque de combustível, limpam tudo e tiram o ar dos pneus. Se você tem planos de explodir ou botar fogo num carro, vai ter que se preparar para questões de saúde e segurança enormes.

Botamos o ator a dirigir naquele carro *vintage* e imaculado, antes de cortar e trocar o veículo para o preparado, que é pintado na mesma cor e tem o mesmo formato do usado em cena – ficam idênticos, sem tirar nem pôr. O pessoal de efeitos especiais explode e bota fogo.

A Rainha

Helen McCrory fala de Polly Gray.

Os Shelby são uma família de criminosos. E todos ficaram diferentes depois da guerra.

Quando os homens de *Peaky Blinders* estavam lutando pelo país na Primeira Guerra Mundial, Polly Gray estava cuidando do negócio de apostas ilegais no turfe comandado pela família Shelby. E ela sabe o que faz. Assim, quando Tommy, Arthur e John voltam a Small Heath, ela fica relutante em devolver as rédeas. Polly não sai totalmente de cena; do ponto de vista dela, tem dois galos mandando no galinheiro: ela e Tommy. E acho que Polly ficou mais durona porque as mulheres que tiveram que cuidar dos negócios quando os homens estavam na guerra se sentiam mais brutas.

O caso é que todos em *Peaky Blinders* são brutos. Tommy e Arthur foram embrutecidos pela guerra. Polly também foi embrutecida pela vida, principalmente quando perdeu os filhos para as freiras – um fato que acontece antes de a conhecermos na trama. Como Polly gerencia um negócio sozinha, uma empresa que acaba tirada das suas mãos, ela tem que estar sempre acostumada às mudanças, inclusive aos sucessos, e isso pode ser igualmente difícil. Quando Polly consegue sua casa chique na temporada dois, ela não fica pulando de alegria. Quando ela ganha a festa de aniversário, ela também não comemora de maneira genuína.

Polly é carinhosa. Ela é fiel. Ela é espirituosa. Eu amo a postura dela, de quem fala as coisas na cara. Ela é boa no que faz e é competente. Você ia gostar de ter Polly ao seu lado, mesmo que estivesse encrencado. Se você fosse parar na cadeia em um fim de mundo, Polly é a pessoa que você chamaria para te soltar. Ela entende das ruas porque veio das ruas. Acho que é por isso que muitos se identificam com a personagem. Polly é aquela que muitos que assistem gostariam de ser no momento em que ela recebe más notícias. Pelo menos na fachada. Ela não sucumbe por fora, mas, como plateia, nós vemos como ela desaba. A vemos fechar a porta, a mão tremendo, e ela começa a chorar – algo que ela não vai fazer na frente dos outros personagens. Só o público enxerga a dor.

Chafurdar na pena de si não é uma opção para Polly. Ela não fica se lamentando por aí: "Coitadinha de mim! As freiras levaram meus filhos…" Nem: "Oh, pobre da minha pessoa. Como é difícil me ajustar…" Essa resistência na pessoa é algo que me atrai muito. Mas, acima de tudo, Polly adora a vida e Deus sabe o quanto ela se diverte. Ela é travessa, muito travessa.

Eu também queria passar a sensação de risco, de Polly descobrir que é perigosa no sexo. Polly não lhe traria café da manhã na cama com uma flor na bandeja; ela te daria uma ressaca das boas. Ela não é puritana, embora tenha moral. Ela é moralista com as coisas em que acha que deve ser: amor, fidelidade, amizade, família…

Os homens não têm a inteligência estratégica para travar uma guerra entre famílias. Os homens não são bons em esconder segredos no meio das mentiras.

Polly Gray

Eu não vejo os defeitos de Polly. Nunca faço isso quando interpreto uma personagem. É uma coisa de que você precisa como ator: você nunca julga seu personagem. Você faz ele ser maravilhoso. Sempre preciso encontrar a empatia com o meu papel, porque se eu não tivesse empatia por uma pessoa como Polly quando ela está nos seus momentos pesados, eu estaria traindo quem assiste, especialmente quem passou por uma situação idêntica; com as pessoas que sabem como é perder os filhos, por exemplo.

Lembro de alguém me dizer que, quando você interpreta uma personagem, tem um triângulo de fantasmas às suas costas. São todas as pessoas que passaram pela mesma situação que você está interpretando, mas cujas histórias nunca foram ouvidas. Quando eu interpreto as falas, eu falo por essa gente e elas passam a ser ouvidas. Penso muito nisso quando interpreto Polly, porque nunca ouvi a voz dela. Todo mundo passa por momentos pesados na vida. É nisso que o público se vê em *Peaky Blinders*. Os personagens não fingem que a vida é fácil. Os homens foram arrasados pela guerra. As mulheres passaram por situações horríveis, mas ficam de cabeça erguida e tocam adiante. Eu as admiro.

O ponto cego de Polly, porém, é inegável. *Michael.*

Assistir aos dois filhos, Michael e Anna, serem arrancados das suas mãos foi devastador para Polly. Para interpretar isso, eu caminhava com um quê de melancolia. O pesar é notável na pessoa que perdeu os filhos, mesmo que isso tenha acontecido há anos ou há décadas. É visível. O luto marca o rosto, o corpo e a alma. Perder os dois filhos foi catastrófico para Polly. Ela achou que tinha perdido os dois para sempre. Isso aconteceu com muitas mulheres na geração dela. Quando eu tive que pesquisar os horrores daqueles acontecimentos, não precisei ir tanto a fundo. Foi só pensar e, em termos de emoção, cheguei lá.

O que uma tragédia dessas faz com a pessoa? O que faz com seus sonhos? Não é à toa que Polly tem essa coisa do terceiro olho, porque ela é assombrada por aquele momen-

to. Tem também um grande ponto de interrogação que paira sobre quem perdeu os filhos – crianças que desapareceram ou que fugiram de casa. Os pais costumam falar que não têm uma *sensação de término*. De que *não sabem onde a criança está*. Lemos tantas notícias horríveis nos jornais, como a de Madeleine McCann ou daquele pobre jogador de futebol, Emiliano Sala, que estava no avião que caiu no Canal da Mancha... passaram-se vários dias sem que se soubesse onde estava o corpo. A família dos desaparecidos não descansa até a criança ser encontrada.

É essa dor emocional que faz o público ter empatia por personagens como Polly. Eles sabem que o coração dela se partiu em mil caquinhos. É comum que as pessoas com mais empatia, mais gentis e mais fortes sejam aquelas que mais sofreram.

Depois do choque inicial com a volta de Michael na temporada dois, Polly se enche de orgulho. Ela tem uma nova sensação de que pode ter aspirações, ela quer que o filho se dê bem na vida. O interessante é que ela tenta virar outra pessoa na temporada três. Ela corta o cabelo e foge com artistas. Ela se interessa pela alta sociedade. Ela faz tudo isso por Michael. Normalmente, acho que Polly não daria a mínima bola pra isso, mas agora que o filho voltou ela tem que virar uma pessoa de respeito. Em termos gerais, ela quer poupar o filho das experiências que ela mesma teve, aquilo que todo pai ou mãe quer. Ela avisa os outros: "Michael não pode tocar numa arma… Michael tem que continuar como ele é." E isso me deu oportunidade de fazer comédia. Ver Polly se importando com boas maneiras e etiqueta é delicioso. Não queremos ser sérios o tempo todo com esses personagens. É bom rir dessa gente de vez em quando. Dizer: "Oh, que fofinho."

Mas quando Michael se liga a sua família de verdade, ele se vê atraído pelo lado sombrio dos Shelby. Fui eu que o botei naquela vida. Ele estava morando num lugar bonito, onde havia macieiras no quintal e ele jogava futebol. Aí eu o apresento a uma máfia de maníacos cheiradores de coca de arma em punho. Minha família! Tem essa dicotomia entre Polly querer ele por perto, mas estar preocupada porque Michael está virando outra pessoa. Depois ele começa a ameaçar o poder de Tommy no seu papel como figura desta nova geração do negócio dos Shelby. Ele diz para a velha guarda: "O jeito de vocês é uma merda." Mas o mundo é assim. E isso que é fantástico no texto de Steven Knight. Ele mostra uma família em várias dinastias, mostra como elas vão lutar e onde estão as tensões nas suas vidas e nos relacionamentos.

A oferta do papel de Polly veio da minha agente. Foi enviada entre as últimas funções da BBC naquela semana. Eu estava trabalhando no National Theatre, em Londres, começando um espetáculo com Rory Kinnear e Julie Walters chamado *The Last of the Haussmans*, com roteiro de Stephen Beresford (*Orgulho e Esperança, Tolkien*).

Enviaram-me o roteiro de *Peaky Blinders* e fiquei fascinada. Eu nunca havia lido nada igual. O texto lembrava uma fábula, como uma odisseia à moda antiga, com um pano de fundo de que eu nunca tinha ouvido falar. Eu nunca tinha lido a respeito da Birmingham da classe operária e o que se passava no Reino Unido e na sociedade da época. Nós conhecemos o "andar de cima", mas ali estava o "térreo". E Birmingham não era só o térreo, era a sala de máquinas do país. Eu percebi como Birmingham era poderosa na época, como era rica; que toda rua tinha suas fornalhas.

Foi interessante porque, quando eu olhei pela primeira vez e encontrei minha personagem, fiquei confusa porque não tinha uma cena em que eu aparecesse com uma passadeira. Não tinha cenas em que eu lavava roupa, nem nada que as mulheres faziam na época. Steven Knight me disse: "Assista a *western* das antigas. Assista todos." E eu fiquei pensando: "Por que ele quer que eu assista *western?*" Mas eu assisti e me dei conta de que *Peaky Blinders* era um épico. Era um homem contra o mundo na Inglaterra.

Os americanos eram muito bons em transformar homens de classe operária em heróis na telona. Mesmo que Clint Eastwood saísse por aí atirando em meio mundo no velho oeste enquanto mascava um charuto, seu personagem continuava heroico. No Reino Unido, geralmente quando contamos as histórias da classe operária e dos seus homens, é porque eles são vítimas. A ideia sempre foi essa: "O que aconteceu com aqueles homens foi horrível, não foi? Vamos mostrar como a vida era bruta…" Eles detonaram essa ideia.

Faz tempo que tivemos esse movimento no teatro e na literatura: a história do jovem em fúria. Foi o que se viu em *Kes* e em outros filmes de Ken Loach, e em várias histórias. Ficamos conhecidos por isso no Reino Unido e fizemos muito bem. Mas *Peaky Blinders* era totalmente diferente. Nesse sentido, era quase americano. Steven Knight queria heróis, personagens gigantes vistos por olhos de criança. A era ganhou glamur; *Peaky Blinders* nunca foi realidade, nem por um instante. Isso que era divertido;

o glamur e o fato de que se tratava dos parentes do povo.

Antes de começar a trabalhar em *Peaky Blinders*, enquanto estava em *The Last of the Haussmans*, eu conversei com Julie Walters, que é uma *brummie*. Eu falei: "Preciso do sotaque da Birmingham de antigamente." Julie fez a gentileza de gravar duas cenas da primeira temporada, que não vou dizer quais são, com sotaque da Birmingham antiga. Mais à frente, filmei as duas cenas no mesmo dia e, na manhã seguinte, a equipe veio conversar comigo: "Não dá pra falar assim. Vai precisar de legendas. Ninguém entendeu nada do que você disse, nem os atores sabem se você chegou no fim da frase…"

Aí, na cena seguinte, fui de sotaque de Yorkshire. E na cena seguinte disseram: "Não, vamos fazer Birmingham de antigamente com a família inteira…" O diretor Otto Bathurst ainda estava se decidindo. Ele é muito tranquilo. Ele deu tranquilidade e precisão ao *set*. Otto sabe o que faz, então teve respeito imediato por todo mundo. Adorei trabalhar com ele.

Polly é a única pessoa que Tommy enxerga no mesmo patamar e vice-versa. Não posso falar pelo Cillian, mas lembro da primeira cena que eu fiz com ele. Não tenho a menor ideia do que nós falamos, mas estávamos sentados na cozinha da casa antiga em Garrison Lane. Acho que acendemos cigarros e fumamos. Conversamos e brigamos; acho que nenhum de nós mexeu um músculo, fora sorver fumaça e soprar. Imediatamente eu senti que a relação dos dois era essa. *Polly e Tommy eram os planejadores*. Eles eram os armadores e os cérebros. Eram o lado feminino e o lado masculino do cérebro na organização Peaky Blinders.

Apesar dos embates entre os dois, Polly é uma defensora feroz de Tommy. Eles são quase um casal, mas sem o sexo. Não existe contato físico entre os dois – *nunca*. Tommy colocou o braço sobre Polly uma vez, quando teve o aniversário-surpresa dela. Nós dois nos estouramos de rir. Ele fez na primeira tomada e a gente teve que repetir. Eu lembro de ficar pensando: "Foi esquisito. Nunca mais eu toco em você." Existe essa tensão constante entre os dois. *O que você está pensando? Está*

Os homens e seus paus nunca deixam de me surpreender.

Polly Gray

pensando no que eu estou pensando? Eles não deviam ficar à vontade entre si para um colocar o braço em cima do outro.

Polly e Tommy se conhecem melhor do que ninguém. São duas pessoas totalmente distintas; eles não têm nada de parecido, mas um respeita absolutamente o outro. Mesmo quando Polly diz para Tommy que ele é um "puta imbecil". Ou quando o pressiona para saber qual é o último estratagema e Tommy não conta porque sabe que ela não vai aprovar, então ele sai se esgueirando para um canto. Aí Polly descobre de algum jeito e volta, faca na bota. Mas ninguém fala com Tommy do mesmo jeito que Polly. E ninguém é tão consultada quanto Polly.

Não é que Polly desconfie dos homens. Polly é desconfiada e ponto. Ela ficaria desconfiada de qualquer contrato que colocassem na sua frente; leria todas as letrinhas miúdas antes de se comprometer com uma assinatura. Ela faz a mesma coisa com as pessoas. *Polly conta o troco.* Ela é cautelosa. Aconteceu tanta coisa terrível com ela – o marido morreu, os filhos foram levados –, ou seja, relacionamentos são difíceis para ela. Aí ela teve que se entregar ao major Chester Campbell para garantir que Michael fosse liberado da prisão na temporada dois. Depois ela também fica traumatizada quando Tommy lhe dá o ok para matar o abusador, mesmo que fosse o que ela queria.

Até aquele instante, acho que Polly nunca tinha matado ninguém. Ela não é esse tipo de pessoa.

Quando se trata de romance, Polly ama os homens. Ela não confia em si e essa que é a questão. Ela não é de ficar contando vantagem; não há nada de mesquinho em Polly. Ela nunca ia ficar sentada dizendo: "*Ah, os homens.* Não confio em nenhum." Mas ela fica magoada, especialmente com o artista Ruben Oliver (Alexander Siddig) na temporada três. Ele acaba virando uma decepção. Mas boa parte da mágoa naquele rompimento se dá por conta de vergonha. Polly tenta ser alguém que ela não é, o que é mais vergonhoso do que quando um relacionamento funciona. Aquela aventura supostamente ia levar à "Nova Polly",

Dado meu cargo elevado na Shelby Company, não é comum eu ter que pedir permissão para fazer o que quer que seja.

Polly Gray

a que ia ser aceita como parte da sociedade. Mas tudo acabou em vexame.

Na temporada quatro, a vida muda quando ela conhece Aberama Gold (Aiden Gilen): o Rei dos Ciganos comigo, a Rainha. Foi divertido. Eu amo trabalhar com Aiden. Já interpretamos amantes e ele é um homem muito delicado e tímido, o que é muito bom. Eu gostei daquela relação porque foi uma coisa selvagem e livre. Gostei porque os dois são fortes, mas ficam muito vulneráveis entre si; têm muito carinho. É certo que teremos tempos selvagens pela frente.

Polly vai continuar sendo maltratada pela vida porque ela vive a vida plena. Quem vive tão plenamente, quem corre riscos desse jeito, vai sair machucada. Mas tudo bem. É melhor do que nunca sair de Garrison Lane. Espero que Steven a deixe feliz, porque eu acho que, na essência, Polly é feliz. Ela é uma das personagens mais felizes de *Peaky Blinders,* porque Tommy está sempre preocupado com Grace e com a empresa, e o pobre Arthur tem uma esposa que não entende ele nem seus problemas. Mas Polly é descomprometida e sem frescuras. Ela diz a qualquer um para onde tem que ir, e ela tem alguns bons momentos ao longo do caminho.

Que bom para ela.

Steven Knight fala de Helen McCrory

S enti a energia que Helen tinha desde a primeira vez que eu a vi. Mas quando eu a assisti na tela como Polly, percebi que ela ia detonar o molde de como se interpreta mulheres daquela época. Eu não a conhecia muito bem pessoalmente, mas em termos de relação profissional não havia nada melhor. Dada a competência de Helen como atriz, eu podia tomar o rumo que quisesse ao escrever a personagem Polly. Eu sabia que ela ia dar conta.

Quando trabalho com uma atriz como Helen, há uma via de mão dupla: tenho o roteiro escrito, mas, assim que vejo o

que o ator faz (com a personagem), consigo adaptar o texto. Quando reencontro a personagem, ela não é mais a mesma. Consegui retratar quem Polly era e o que ela faz logo depois de ver Helen atuando. Um bom ator cria seu próprio personagem a seu modo.

Entre minhas cenas prediletas envolvendo Helen estavam as que foram mais dolorosas para Polly. Por exemplo, o relacionamento que ela teve na temporada três, quando se envolveu com o artista Ruben Oliver: vimos que, apesar de toda sua força, Polly sentia-se socialmente inferior. Ela tinha seus temores em relação a quem era e às suas origens. Vimos um lado da personagem que não veríamos normalmente.

Perderemos muito sem Helen. De agora em diante vive-remos em um mundo sem Polly. Mas isso é da natureza da perda. Temos que seguir adiante e encontrar outros aspectos no mundo dos Peaky. Dito isso, ela nunca estará ausente do mundo *Peaky Blinders*. O efeito que Helen conseguiu vai durar para sempre e todas as personagens femininas por vir terão in luência de Polly.

> *O efeito que Helen conseguiu vai durar para sempre...*
>
> Steven Knight

Pura Fumaça e Encrenca

A Shelby Company chega a Londres: seguem-se degolas, alvoroços movidos a "Tóquio" e assassinatos políticos.

A Temporada Dois Vista por Dentro

"Tommy Shelby decidiu engolir o mundo", diz o diretor da temporada dois, Colm McCarthy, vindo dos seriados *Sherlock, Doctor Who* e *Ripper Street*." Quando nós o encontramos na trama, ele se viu obrigado a sair e comandar a gangue. No episódio seguinte, ele decide levar a gangue ao limite."

Essa ambição é tão violenta quanto emocionante. Depois de decidir ampliar seu império empresarial até Londres, os Peaky Blinders se envolvem em uma guerra por território com um mafioso italiano, Darby Sabini, criminoso conhecido por comandar o negócio das apostas em várias pistas de peso. Tommy decide chacoalhar a gangue de Sabini no próprio território, primeiro com ataques e, depois, chegando com violência para tomar conta do grande negócio da outra gangue, o Eden Club – um covil do opulento hedonismo londrino onde o consumo de drogas e a experimentação sexual acontecem às claras.

Como Steven Knight disse, a primeira temporada era ópio e a segunda era cocaína – não nas drogas em si, mas na energia do espetáculo. Isto fica representado nos narcóticos com que a gangue se envolve, mas na verdade tem a ver com as emoções internas à trama. Portanto cocaína tem a ver com excessos de energia e bater no limite, enquanto que o ópio da temporada um é se enclausurar e abrandar, como estar numa banheira quente e o som reverberando à sua volta. Cocaína tem a ver com tensão e passar um bom tempo acordado; tem a ver com se sentir paranoico e superconfiante. É o que se vê na segunda temporada com os excessos de Tommy Shelby, que se torna mais ambicioso.

Com todo o respeito, senhor, Thomas Shelby é um gângster mestiço corta-goelas.

— Major Chester Campbell

Os golpes têm volta, e rápida. Tommy é espancado em um ataque vingativo e selvagem da parte da gangue de Sabini, antes de ela ser detida pelo major Chester Campbell. Revela-se que o major conseguiu sobreviver aos tiros de sua ex-agente, Grace Burgess, no final da temporada um, embora os ferimentos obriguem-no a andar de bengala. Enquanto isso, Ada Thorne, que se muda de casa em Londres após perder o marido Freddie Thorne para a epidemia, é salva das mãos dos homens de Sabini por integrantes dos Peaky Blinders que tinham instruções para vigiar sua casa.

Para sobreviver à sua rixa com Sabini, Tommy une forças com Alfie Solomons, um gângster judeu de Camden, Londres, que também está em guerra com a gangue Sabini.

Interpretado por Tom Hardy (*Lendas do Crime*, *Dunkirk*), o personagem trilha uma linha tênue entre aliado e inimigo vira-casaca, ameaçando mudar de lado quando lhe dá na telha.

"Meu método para dirigir Tom foi parecido com o de Mogli ao lidar com Shere Khan", diz McCarthy. "Eu senti que tinha agarrado a cauda e tentei guiar a partir dali. Tom queria ser coautor do personagem. Quando conversamos por telefone pela primeira vez, ele falava muito do personagem (Alfie) como um 'Ursão, um urso feliz, um urso furioso…' E eu dizia: 'Então você quer ficar de barba?' Tom é uma potência, ele é irrefreável. Ele vinha atacando o texto e estava ali porque adora o roteiro do Steven e ama o Cillian."

"Mas de todos os personagens nas páginas – Steven escreve todos com brilhantismo – eu pensei: 'Hmm, será que o Alfie vai ser tão interessante assim?' Aí, assim que Tom tomou as rédeas, ele garantiu que tudo que o personagem fizesse ia ser interessante. É o que ele faz. Até esse negócio de ficar tirando pedacinhos de pele da barba: era muito nojento, mas ficou cativante e interessante. ('Tom amava a psoríase e sempre queria mais', diz a estilista de cabelos e maquiagem Loz Schiavo, quanto à tez de Hardy. 'Na última participação que ele fez, colocamos de sobra.') Cillian e Tom se dão muito bem e ficavam fazendo cenas de *Grande Lebowski*

entre cada tomada."

Após um acordo entre Darby Sabini e Alfie Solomons, os Peaky Blinders se veem traídos e em menor número. A união dura pouco, porém. Darby Sabini engana o gângster de Camden, que em seguida volta para o lado de Tommy. Sabini retoma a propriedade do Eden Club, mas, ao final da temporada dois, o poder pende de novo para os Peaky Blinders, quando eles derrotam os homens de Sabini no Derby de Epsom, botando fogo nas licenças da outra gangue e tomando controle do hipódromo para cuidar das apostas.

O poder do anseio

Tommy tem outros problemas, contudo. Magoado pela traição de Grace Burgess na temporada um, ele vai para a cama com a treinadora de cavalos May Carleton, uma viúva rica contratada inicialmente para preparar o cavalo que ele acabou de comprar para as corridas. Tommy escolhe um nome um tanto masoquista para o bicho: *Segredo de Grace*. "O tema da temporada dois é anseio", diz McCarthy. "Muita gente tem anseios na história. Era uma palavra que vinha rodando bastante no meu cérebro durante a produção. É o desejo por mais do que há ou do que é possível – é aquela sede insuperável que existe nos nossos personagens. Eles são definidos pelo que não podem ter e o apetite de Tommy só cresce."

Mas o desejo de Tommy de se tornar parte do *establishment* e entrar em negócios mais legítimos é uma barreira que, às vezes, parece intransponível. "Eu queria tratar do sistema de classes de um jeito que ficasse palpável", diz Steven Knight. "Tommy conhece May e é patente que ela vem de família abastada. Ele tem dinheiro, mas fica a metáfora por trás de os dois darem lances pelo mesmo cavalo durante um leilão: em termos financeiros, eles são iguais, mas cada um vem de uma classe diferente. Ela perdeu o marido militar durante a guerra."

"As fronteiras entre as classes estavam ruindo aos poucos nos anos vinte. Nos livros de D. H. Lawrence e Thomas Hardy, os personagens têm aspirações de subir na vida. Se você confere o *Daily Mail* e outros jornais da época, você vê o terror das mulheres de classe alta que estavam sendo cortejadas por homens da classe

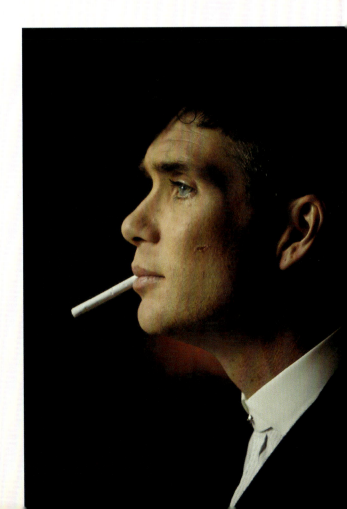

operária. Eles também tinham medo dos chineses, que chamavam de 'Perigo Amarelo'. Esses jornais haviam percebido que as festas da sociedade estavam num momento de hedonismo com cocaína e álcool. Muitas das festas convidavam gângsteres – nos Estados Unidos era igual – só para excitar os convidados."

"Nas reuniões dos ricos, tinha-se o contrabandista da cidade, ou o traficante de cocaína, e geralmente era uma pessoa da classe operária. O povo ficava horrorizado com as mulheres que se atraíam por esses homens. Eu queria tratar dessa questão de classe sem que ficasse na cara. O vínculo entre Tommy e May na trama é o cavalo e, quando se trata de Tommy e de cavalos, tudo pode acontecer. É o que ele ama. Tem um momento em que ele chega a dizer: 'Eu sou um cavalo.' Então essa conexão entre duas formações bem distintas foi um jeito de observar, de maneira oblíqua, o sistema de classes e o que acontecia na época."

> # Quando entrei em Small Heath, achei que iam me matar. Aí falei o seu nome e foi como se eu ganhasse escolta para conhecer o rei.
>
> **– De May Carleton para Tommy Shelby**

Mas Tommy passa por outros embaraços. Quando Grace volta da América – onde ela casou-se com um banqueiro rico – para se consultar com um especialista em fertilidade de Londres, eles têm um encontro que começa tenso, até que o gelo se parte. Tommy leva Grace a uma festa em que ela é apresentada a Charlie Chaplin. Depois de uma rápida escapada, ela engravida de Tommy.

"As cenas com Grace e Tommy e a disputa entre a relação deles e a que acontece entre Tommy e May foram muito interessantes", diz McCarthy. "A produção e o elenco estavam torcendo cada um para um lado. Alguns eram do time May, outros eram do time Grace, e foi muito interessante ver a história se desenrolar. Em parte foi um diálogo sobre personagens femininas e em parte foi da relação que o público tinha com os personagens. Os atores se divertiram bastante."

"Charlotte e Annabelle são atrizes muito diferentes. As metodologias delas são diferentes. Charlotte é muito racional e fala para raciocinar; Annabelle é instintiva. Nenhum desses métodos é certo ou errado – os dois são bonitos e inteligentes –, mas um é bem diferente do outro. Eu queria que o público entrasse em conflito quanto às opções de Tommy. Às vezes se tem uma versão desse tipo de história em que perdemos o entendimento da situação do personagem (neste caso, o de Tommy). Tivemos que apresentar tanto May quanto Grace interessadas em Tommy, mas era importante que as duas fossem ativas na trama. Era muito importante que nenhuma

delas ficasse com cara de vítima. Eu não queria que acontecesse uma coisa dessas."

Também há questões de família. Arthur enlouquece. Ele mata um garoto durante uma fúria sanguinária quando uma luta de boxe sai do prumo. Depois, Arthur é apresentado à "Tóquio" ou cocaína; a droga que acelera suas obsessões e sua anarquia até ele ficar viciado. Tommy tem que confrontá-lo, arrancando Arthur do precipício ao dizer que, se ele não tomar jeito, vai tirá-lo da gerência do Eden Club e entregar a função a John.

"Paul se entrega ao papel de um jeito que ele sente aquelas emoções de verdade", diz McCarthy. "E isso me fez ficar arrepiado. Eu lembro da cena em que ele e Tommy se confrontam, de ficar preocupado que alguém ia sair ferido. Por um lado, eu queria que todo mundo saísse dali bem. Mas, por outro, foi empolgante porque era uma coisa de verdade, que estava acontecendo."

"Eu lembro de conversarmos antes da filmagem começar e de ele me dizer: 'Eu adoro fazer este cara.' Acabei tendo uma colaboração muito agradável com o Paul. Ele não lembra ninguém que eu conheço, ele é muito divertido e às vezes é engraçado."

"Estávamos gravando a cena em que Tommy sai da festa (quando a Garrison Tavern reabre depois de explodir no início da temporada dois). Ele vai para os fundos do *pub*, puxa uma carta de Grace e queima. Ao fundo, a festa ainda rolava e Arthur estava no meio. Estávamos gravando com Cillian e eu disse: 'Acho que ajuda bastante se a festa ainda estiver à toda.' Falei isso ao Paul e ele entrou com tudo. Depois, o contrarregra veio falar comigo com uma cara de apavorado:

'Pois então... ele acabou de detonar quarenta e oito garrafas de champagne.'

'Como assim?'

'Nós tínhamos um monte de garrafas de champagne cenográficas e ele acabou com todas.'

"No caso de Paul, a questão nunca é de ego. Ele tem algo de puro e tem seu desejo de imergir por completo no personagem. Mas acho que Arthur é um personagem muito durão para se entrar."

Enquanto isso, Tommy se vê emaranhado em um complexo complô político e é coagido pelo grupo irlandês republicano pró-Tratado a assassinar um ferreiro. O major Campbell, ciente do assassinato, chantageia Tommy a assassinar o marechal de campo Henry Russell (James Richard Marshall); a morte vem por ordem de Winston Churchill (Richard McCabe) em nome da Coroa. Campbell usa sua grande influência para persuadir Tommy, ameaçando sua família e seus interesses comerciais.

Conforme o tempo vai se esgotando, parece que não há como Tommy Shelby fugir de um fim sangrento para uma empreitada das mais violentas que se pode imaginar.

Ao longo da temporada dois, o "anseio" de Polly Gray fica focado nos filhos que perdeu. Ela lamenta-se pelo filho e filha que foram deixados para adoção quando sua vida veio abaixo. Assombrada pela ausência dos dois, ela encontra uma médium cigana para saber do paradeiro deles e fica sabendo que sua filha morreu. A verdade é confirmada por Tommy quando ele consegue documentos da paróquia responsável pela criação das crianças. O filho sobrevivente, Michael, é localizado posteriormente e por acaso é um personagem que segue o molde de vilão dos Peaky Blinders. Quando Tommy e Michael se encontram, o jovem fala da sua vontade de explodir a fonte dos desejos que fica na sua cidade natal. Antes disso, ele assusta Polly ao se apresentar na porta da casa da mãe, quando ela chega cambaleando depois de uma noitada.

"Polly está voltando da festa com uma cara de Janis Joplin", diz Helen McCrory. "Michael está ali parado. Ele diz: 'Aqui é a casa de Polly Gray?' No roteiro ela identifica quem é, mas na tomada original – e isso aconteceu de verdade e não estava no roteiro – eu me virei e vomitei na rua por causa do choque. Foi muito esquisito. Foi uma coisa primitiva. Todo mundo na equipe berrou: 'Ugh! *Corta!*' Mas esse é o choque que você teria no corpo se seu filho voltasse do nada, estivesse ali parado, e você totalmente desnorteada. Acho que a equipe ficou tão assustada com minha atuação que a cena foi cortada."

> # Imagino que levar um tiro de uma mulher dói tanto quanto levar de um homem. Só é mais vergonhoso. O senhor Campbell sabe que, quando eu levei um tiro, me deram uma medalha. Aposto que não houve medalha para o senhor.
>
> — Tommy Shelby

"Mas foi uma coisa natural. *Peaky Blinders* tem um visual excelente. Não porque temos dinheiro, isso eu garanto. *Peaky Blinders* não tem orçamento alto, mas tem cara de que tem por causa da competência artística dos envolvidos. Nós filmamos muito rápido, então nos familiarizamos com as cenas de antemão, conhecemos as falas de trás para a frente. Eu imaginei em que ponto Polly estava na armação naquele momento; eu estava usando o figurino e me joguei para ver o que acontecia."

"É só naquele instante que eu percebo o trabalho de todo mundo. Eu vejo como Finn vai interpretar Michael e como o diretor vai enxergar. Eu vejo o *set*, se tem outras pessoas nas ruas. Eu vejo tudo pela primeira vez. Depois dessa preparação, você se desliga do trabalho de toda essa gente por sua conta e risco, porque tudo colabora com a cena. Eu por acaso sou muito alerta, mas também tenho que ficar a sós para ver o que acontece quando a câmera começa a filmar."

"E o que acontece quando eu vejo Michael pela primeira vez? *Eu vomito no meio da rua.*"

Olho por olho

Mas assim como os anseios de Tommy por expansão e as tentativas de Arthur de libertar-se de sua angústia mental, a fantasia de Polly de se reconectar com o filho é confrontada por realidades desconfortáveis. O interesse de Michael pelos aspectos mais sombrios do negócio dos Peaky Blinders leva-o a ser atraído por riscos e violência. Ele assiste à gangue levar tiros durante um leilão de cavalos e Arthur reage com brutalidade contra um dos agressores. Quando Michael vai beber com Isiah (Jordan Bolger) – filho de Jeremiah Jesus – no Marquis of Lorne, eles sofrem discriminação racial e se metem numa briga de bar. Por desforra, o *pub* é demolido.

O ato leva Michael a ser preso pelo major Campbell, mas o castigo é usado como manobra: se quiserem a liberdade do mais novo integrante dos Peaky Blinders (Michael acaba ganhando a função de contador da empresa), Tommy tem que assassinar o marechal de campo Henry Russell. Polly faz pressão, oferecendo-se a Campbell no escritório deste para garantir a soltura do filho, numa cena de abuso sexual tenebrosa.

"O público sempre tem simpatia pelo ator que interpreta a vítima nestas cenas", diz Colm McCarthy. "Mas é uma coisa difícil se você for uma pessoa como Sam Neill (major Campbell), que é um cara muito querido e a pessoa menos agressiva que se pode imaginar. Interpretar uma cena dessas é uma situação muito difícil para qualquer ator. Às vezes, no *set*, é complicado a pessoa ser uma pessoa horrível quando ela não é. Geralmente são pessoas muito sensíveis, mas ficam muito brutas ao interpretar uma cena difícil."

"Tanto Polly quanto Sam foram ótimos entre si. Um deixou o outro à vontade e estavam rindo muito entre as tomadas, se divertindo. Foi o jeito de tornarem a situação tranquila. Atores precisam se sentir seguros, não sentir que existe pressa, nem se sentir incomodados

ou intimidados. Eles precisam sentir que têm espaço para trabalhar como precisarem. Os dois ficaram bem à vontade para entrar nas trevas que a cena pedia."

Michael é solto pouco depois. Quando Polly o encontra na porta da prisão, ele a deixa ciente de que está envergonhado, que os guardas da prisão falaram do ponto a que sua mãe se dispunha a chegar para acelerar sua absolvição. Mas, para Polly, as consequências da violência de Campbell deixaram cicatrizes tanto psicológicas quanto físicas; ela se embebeda e tenta deixar que o álcool carregue o tumulto das emoções.

"Aquela cena foi ideia de Helen", diz McCarthy. "Muitos atores têm ideias e elas costumam ser muito fechadas em uma coisa só: eles pensam num jeito de se saírem bem. As ideias de Helen tinham muito a ver com penetrar no que se queria com o conteúdo; eram ideias de encenação. Originalmente, o roteiro dizia para ela voltar para casa bêbada, mas Helen sugeriu que Polly já estivesse em casa quando a vemos a seguir, bebendo na banheira, tentando se limpar da sujeira. Foi um ótimo instinto e foi um momento potente."

"Lembro que Helen tinha uma pasta, tipo um fichário de ensino médio, com ideias grudadas no roteiro e anotações sobre a personagem. Mesmo assim, ela nunca chegou a fazer exigências. Ela não tenta tomar conta. Ela é simplesmente muito generosa com suas ideias e, quando foi fazer uma proposta no *set*, era porque ela tinha escrito um poema sobre o período da segunda temporada de *Peaky Blinders* e leu para a produção. Não era para ser um grande momento, mas ela falou de todo mundo: dos técnicos, dos assistentes de maquiagem, de todos. Ela e Cillian são muito generosos com as pessoas com quem trabalham, tanto em termos criativos quanto no nível humano."

Com a trama do assassinato a serviço da Coroa em movimento, Tommy mata o marechal de campo Henry Russell no Derby de Epsom. No caos que se segue, Tommy é enfiado nos fundos de um camburão pelos soldados da Força Voluntária de Ulster, colegas do major Campbell conhecidos como Comando da Mão Direita Vermelha. Ele será executado e despejado numa cova rasa.

Logo depois, Polly consegue vingar-se do major Campbell, dando-lhe um tiro enquanto este está no telefone com Winston Churchill, explicando que as instruções para a execução do marechal de campo Henry Russell foram cumpridas e que Tommy Shelby também foi morto, já que foi sequestrado pelo Comando da Mão Direita Vermelha. "Mas eu diria que, até aquele momento, Polly nunca tinha matado ninguém", diz McCrory. "Acho que ela não é *desse* tipo."

Não se meta com os Peaky Blinders.

— Polly Gray

Para sorte de Tommy, ele em seguida ganha uma suspensão da sentença. Quando está ajoelhado diante da cova rasa, dois tiros ressoam – um para seu carrasco, o outro para o cúmplice. Descobre-se que o terceiro sequestrador era um agente duplo.

"Em algum momento do futuro próximo, senhor Shelby, o senhor Churchill desejará tratar com o senhor em pessoa", explica seu misterioso salvador. "Ele tem uma função para o senhor."

Depois de fugir da execução e com os negócios da família Shelby prestes a se ampliar ainda mais, Tommy informa a Michael os planos de se casar.

"Uma das coisas que é genial em Tommy como personagem e em Cillian como ator é que ficamos fascinados com ele, mas também tentamos desvendar o que se passa naquela mente", diz McCarthy. "Isso é muito importante para a compulsão de assistir ao seriado. Queremos descobrir qual é o plano de Tommy e quem que ele ama de verdade. *O que se passa no seu coração?* Porque, embora ele possa ser considerado malvado, há muita discussão nesse sentido: *ele é malvado ou ele é uma pessoa que faz coisas ruins?*"

"Ele é consumido pelo desejo de manter a família unida, de cuidar daqueles que ama, de fazer o que é melhor para sua comunidade. Está sempre brigando com alguém que é mais desagradável que ele. Ainda assim ele se dispõe a fazer o que é feio, feio mesmo, e usa os outros. Quando ele vê alguém que percebe ser pior do que ele, segundo um código moral próprio – mesmo que Tommy não chamasse de código moral –, ele vai ser um canalha com o outro. E Steven Knight escreve isso tudo de maneira genial."

A história de Alfie Solomons

STEVEN KNIGHT: Alfie é um cara que existiu. Era um gângster judeu de Londres que às vezes se aliava a Darby Sabini e às vezes era inimigo de Darby Sabini, um gângster italiano que também existiu. Meu pai me contou que Little Italy, em Birmingham, era logo descendo a rua onde ele cresceu e havia muitos italianos. É óbvio que muitos estavam de conluio com Sabini, então a realidade da coisa toda ajudou.

Outro exemplo de como às vezes bons pedacinhos da trama de *Peaky Blinders* podem

surgir por acidente: quando eu escrevi Alfie Solomons, ele tinha uma destilaria de rum, mas quando estávamos procurando uma locação não achamos uma destilaria de verdade. A segunda opção era uma padaria, e quando fomos filmar estava na cara que era uma padaria, então transformamos em um ardil de Alfie: *é uma destilaria ilegal disfarçada de padaria.* Assim ele parece mais esperto.

Quando ele conhece Tommy, ele diz: "Eu faço pão branco e faço pão integral." E ele serve dois copos de rum. Mas isso foi um acidente, porque tínhamos perdido a locação. O roteiro não mudou. Eu queria que Alfie fosse o judeu porrada e imprevisível. Puxei algumas coisinhas da vida real. O fato de que ele estava em Camden é importante porque os canais ficam lá, e o canal vai até Birmingham; eles são ligados.

Tom e eu trabalhamos juntos pela primeira vez no filme *Locke.* Adorei trabalhar com ele, foi ótimo. Quando escrevi a temporada dois de *Peaky Blinders*, eu pensei: "Eu queria Tom no papel de Alfie. Bom, vamos testar." Entreguei o roteiro e hoje ele ama o personagem. Ele o tomou para si e montou o papel, fez virar uma coisa pessoal.

A morte de Freddie Thorne

SOPHIE RUNDLE: Freddie morre da epidemia entre as temporadas um e dois, e essa história vira um mosaico, pois só ouvimos falar do que aconteceu longe das câmeras. Ada é uma daquelas pessoas que, quando fica magoada, ou quando mata alguma coisa no peito, leva para o lado pessoal. Eu acho que a morte de Freddie sempre vai doer e que isso ressurge, mas geralmente é uma sensação passageira.

No caso de homens e mulheres, é o que eles faziam naqueles tempos; eles não se demoravam nas emoções nem falavam do que sentiam nem faziam terapia e analisavam as ramificações das turbulências que os afetavam. Eles pegavam a dor e trancavam fundo. Isso faz parte da história de Ada. A dor dela está enterrada mais fundo do que qualquer um de nós pode ver, mas, embora ela tenha trancado lá no fundo, sempre estará lá.

É uma coisa que assombra Ada, pois Freddie é o pai de seu filho. Mas a morte serve para torná-la mais forte. Não é uma coisa que a deixa debilitada, como pode acontecer quando se tem luto. Quando Tommy perde Grace na temporada três, ele fica arrasado.

Parte Três

Trilhos e Trilhas

A história por trás da música de *Peaky Blinders*.

STEVEN KNIGHT: Acho que Cillian Murphy foi quem melhor resumiu: "Tem certas músicas que são de *Peaky*, e certas músicas que não são." Podiam ser do mesmo artista, mas tem alguma coisa na atitude, na lírica, na tristeza e na estética. Há uma melancolia pesada e real nas trilhas de *Peaky*.

AMELIA HARTLEY (DIRETORA DE MÚSICA DA ENDEMOL):

Johnny Cash era um músico sensacional, mas teve uma vida muito difícil. Dá para ouvir na voz, nas letras e no que ele canta. A mesma coisa com Tom Waits. Em *Peaky Blinders,* nós usamos artistas que você vê que têm história.

Qual é o espírito de uma música de *Peaky Blinders?* Acho que é a autenticidade.

Normalmente, nós trabalhamos muito com compositores de uma determinada área, gente que escreve a partir de experiências de vida e que expressam isso no personagem (da música). Tem muito a ver com nossos personagens.

As músicas são góticas e de coração sombrio porque a história surgiu da Primeira Guerra Mundial e de todas as experiências que os personagens passaram. A Birmingham da época era escura e áspera. A música é um reflexo das fornalhas e da fumaça, seja por causa dos bombardeios recentes na guerra ou das fábricas e da indústria. As duas primeiras temporadas têm um ambiente muito industrial. Eu acho que isso fica bem refletido na instrumentação, que é muito pesada, crua e áspera. É daí que vem nossa paleta: vem do

trovador, do cantor compositor que produz material complexo e autêntico.

JAMIE GLAZEBROOK (PRODUTOR EXECUTIVO):

Eu adorei que a música te arranca de qualquer noção de que *Peaky Blinders* seria um drama de época. Com sorte, fez soar mais atual.

HELEN McCRORY: Eu lembro que (o diretor da temporada um) Otto Bathurst me ligou e disse: "Eu preciso muito de música para o seriado, tipo White Stripes…" Eu conhecia o advogado do White Stripes e Otto quis que eu telefonasse. Eu falei: "Sério, Otto? Por que você quer que eu ligue para Jack White e peça a música dele? O que você está aprontando?" Eu acho que a trilha sonora ia ser tipo "You Are My Sunshine", ou seja lá qual música tocava nos anos 1920. Ou alguma coisa *noir* escandinava, mas não aquilo que acabou sendo.

Enfim, mostramos uma versão editada de *Peaky Blinders* a Jack White e ele disse: "Sim, podem usar meu material."

JAMIE GLAZEBROOK: Eu acho que a música, especialmente (a trilha da abertura) "Red Right Hand", de Nick Cave & The Bad Seeds, conseguiu passar o tom da ilegalidade. Nós nos damos conta de que estamos assistindo a algo que tem um quê de bangue-bangue à italiana. O Velho Oeste sempre esteve na nossa cabeça, então essa coisa da empáfia tinha importância.

A música foi uma opção brilhante que veio

de Otto Bathurst, nosso primeiro diretor, e conforme fomos entrando mais a fundo no seriado nos demos conta de que havia uma grande oportunidade destas vozes musicais suscitarem e comentarem o estado de espírito dos personagens, especialmente de Tommy Shelby. Foi uma jornada muito interessante, ouvir a pose superconfiante de Jack White, até uma tecla mais emotiva da PJ Harvey na temporada dois. Depois, quando entra na temporada três, a ideia de crise existencial que o Radiohead traz fecha com a trama.

Usamos a música como uma maneira de entrar na cabeça dos personagens, e talvez esse seja o segredo do trabalho. Ela nunca está ali para dar uma injeção de energia no episódio, nem para ser legal. Sempre se trata do monólogo íntimo dos personagens.

AMELIA HARTLEY: Você pode usar música comercial para todo tipo de coisa: você pode usar de ponte entre duas cenas; você pode usar para refletir a emoção do que está acontecendo; ou pode usar para conduzir a cena. Mas o que nós tentamos é fazer com que ela seja um espelho do que está acontecendo na cabeça dos personagens.

Você conhece todos os personagens rapidamente e consegue entender em que área musical eles estão, porque tem uma paleta definida. Escolhemos artistas que são complexos e inteligentes na música que eles produzem. Isso nos ajuda muito a refletir os personagens e a complexidade que eles têm.

É por isso que Radiohead fechou muito bem, tal como na cena em que Tommy sofre um colapso nervoso perto do lago no episódio seis

da temporada quatro. É quando toca "Pyramid Song". É tanto um reflexo do quanto ele está desnorteado, quanto do desespero profundo, profundo em relação ao que ele se tornou e de como ele está dividido. O que ele está passando se reflete de forma linda na música.

Como escolhemos as músicas? Dificilmente alguma coisa vai estar no roteiro, então não dá para escolher simplesmente lendo a história. É só quando se vê as cenas e vemos como a trama se desenvolve, como foi filmada, que temos como começar nosso trabalho. Sempre recebemos os roteiros, então eu sei quais são os enredos e para onde cada temporada se dirige; seja no lado mais profundo e mais sombrio de Birmingham, como na temporada quatro, ou quando se passa no interior na temporada três, quando Tommy torna-se rico. É o que nos dá noção da trama e do clima.

Isso quer dizer que temos uma voz diferente a cada temporada, pois cada uma faz a história dos Shelby avançar. Depois da primeira temporada, tivemos os anos da cocaína (temporada dois). Na temporada três, Tommy tem grana, então a sensação é outra. Sempre teremos um artista que espelha essa mudança. Por exemplo: na temporada um eram Nick Cave & The Bad Seeds e Jack White; na temporada dois eram PJ Harvey e Arctic Monkeys. Quando chegamos na temporada três, foi a vez de David Bowie e Leonard Cohen, para refletir a evolução da trama. Tem muita gente na indústria fonográfica que é fã de *Peaky Blinders*. Tivemos sorte com muita gente que conseguimos para o seriado. Isso é

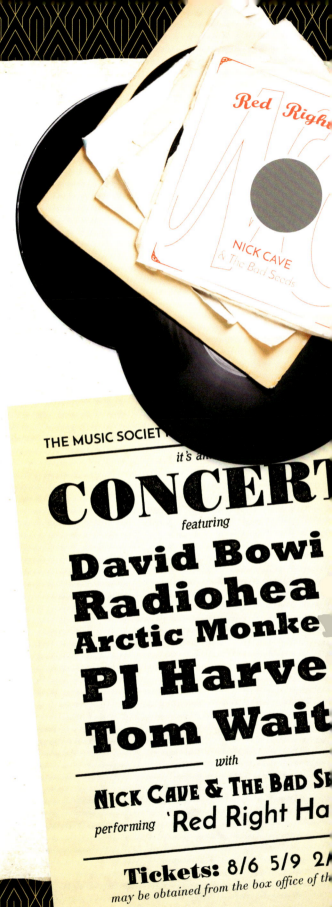

a par de como ficaria a cena final, da história final. Eu sabia o porquê daquelas tomadas, por que faziam daquele jeito. Eu curti sair andando pela rua sabendo que ia tocar Nick Cave ou Arctic Monkeys de fundo. Praticamente dava para atuar tendo isso em mente.

AMELIA HARTLEY: Em termos de música, é certo que nós vamos muito além do nosso nível em termos de influência, e somos bem conhecidos pelo jeito como usamos trilhas. Temos uma das maiores *playlists* não oficiais do Spotify.

Depois que cada episódio vai ao ar, às dez da noite, a BBC monta a *playlist* de música comercial, e ela se torna a *playlist* mais popular do canal. É comum entrarmos no *top* 10 da Billboard de programa de TV com influência no cenário musical.

HELEN McCRORY: É muito divertido. Outro dia fomos assistir aos Rolling Stones e eu falei para Ronnie Wood: "Ah, cara, olha isso! Você é um Rolling Stone, porra!" Ronnie olhou pra mim e disse: "É, fofa, mas você é uma Peaky Blinder, porra!"

bastante incomum, dado o calibre de quem convidamos.

PAUL ANDERSON: Podíamos ter usado aquelas músicas de piano arrastadas dos anos 1920, coisa de época. Foi o Otto que quis usar bandas atuais. No início eu fiquei um pouco inseguro, porque usar bandas de *rock* no drama podia soar meio artificial. Mas quando ouvi uma parte da música que usaram e notei o resultado, vi que funcionou muito bem.

Eu amei. Eu me sinto lisonjeado. Saber que David Bowie – que Deus o tenha – sabe que eu estava no seriado; pensar que ele estava me assistindo, e tendo prazer com a minha arte quando faz anos que eu tenho prazer com a arte dele… Foi sensacional. Tem coisa mais incrível?

FINN COLE: Entrar na segunda temporada como personagem novo foi muito legal, porque eu sabia da música… Assim eu estava

A História por Trás da Trilha

"Red Right Hand", Nick Cave & The Bad Seeds: Temporada Um

AMELIA HARTLEY: Fizemos um monte de *covers* de "Red Right Hand": teve um do Arctic Monkeys, Laura Marling também gravou para nós. Tem um *cover* do Iggy Pop. Fizemos *remix*, fizemos versões mais despojadas. É uma composição fantástica e demos sorte de conseguir como nossa música título.

O sino tinindo que aparece na música reflete muito o fundo industrial de Birmingham, em termos do som: é ameaçador, é sombrio. Também tem um leve tom religioso, de que eu gosto bastante, porque tem temas religiosos que são pano de fundo em muitos dos nossos enredos.

"Lazarus", David Bowie: Temporada Três

STEVEN KNIGHT: Estávamos encerrando a temporada três, procurando músicas e eu dizia: "Vamos mirar alto. Vamos de Leonard Cohen, de Bob Dylan, de David Bowie…" Na época ninguém sabia que o Bowie estava doente, mas o pessoal dele nos retornou e disse: "Ele é muito fã do seriado e adoraria que tocassem suas músicas." Eu não acreditei. Também recebemos resposta de Leonard Cohen. Dois dos meus heróis tinham topado.

Estava chegando o Natal e o pessoal do Bowie disse: "Queríamos que você ouvisse umas coisas." Era o álbum que ele tinha lançado há pouco tempo, *Blackstar*, mas ninguém tinha ouvido na época. Eles queriam saber se tinha alguma coisa que queríamos usar e mandou uma pessoa na minha casa para tocar, porque eles não tinham outra forma segura de fazer chegar em mim.

Quando eles tocaram "Lazarus" para mim, eu não acreditei. Falei na hora: "Topamos tudo! Se ele quiser vir no *set*, se ele é tão fã assim, pode vir…" O representante prometeu que ia levar minha proposta, mas na terça ou quarta-eira daquela semana eu fiquei sabendo pelo rádio que Bowie havia alecido. Eu não tinha ideia de que ele estava doente. Não eram muitos que sabiam. Acho que Cillian tinha encontrado com ele em Nova York uns anos antes porque Bowie queria falar *com ele*. Cillian deu a Bowie a boina que usou na temporada um, com as navalhas. Bowie mandou uma foto usando a boina; é por isso que sabemos que ele era fã.

"This Is Love", PJ Harvey: Temporada Três

AMELIA HARTLEY: Uma das minhas cenas prediletas nesta história é a em que Polly entra numa festa na temporada três. "This Is Love", de PJ Harvey, toca assim que ela chega. Ela usa um vestido sensacional, ela está no controle da sua vida amorosa, os Shelby estão com tudo e ela rouba a cena quando entra na festa. A faixa é genial porque só soma ao movimento e ao poder. Ao fim, porém, tem algo de cru e de estragado nessa cena, pois fica subjacente a ideia de que, quando se é uma Shelby, você não pode se apaixonar. A música também reflete algo de triste.

Foi sensacional dar um vocal feminino a Polly, principalmente alguém com o vocal incrível de PJ Harvey. Artistas como The Kills, Laura Marling e PJ Harvey são ótimas na série para dar mais complexidade à nossa paleta musical e ajudam a reforçar nossos personagens femininos fortes, assim como são faixas sensacionais em termos gerais para somar à nossa ação.

Polly está incrível na cena. Ela é muito forte, mas, no fundo, o que ela quer é alguém para amar e ser amada. Polly está se exibindo naquele momento e entra desfilando. Eu acho que essa cena reverbera com as mulheres, porque ela está sensacional, ela tem empáfia e ela tem essa música sensacional de fundo.

É um momento central em termos de tudo que se junta para trazer ao primeiro plano como ela se sente. Mas tem *páthos* ali, porque o relacionamento que ela acabou de começar com o pintor Ruben provavelmente não vai durar. Ela vem de uma família em que todos que chegam neles têm um motivo secreto, ou podem se assustar. Nesta cena, com PJ Harvey tocando, estamos torcendo por ela, mas ao mesmo tempo estamos preocupados que ela vá se magoar, do jeito mais elementar que existe.

"You And Whose Army?", Radiohead: Temporada Três

JAMIE GLAZEBROOK: Às vezes acontecem acidentes incríveis e bons quando estamos escolhendo as músicas de *Peaky Blinders*. Lembro de encontrar essa música do Radiohead, do *Amnesiac* – "You and Whose Army?" – que entra no final do primeiro episódio da temporada três. É uma música de dois ou três estágios, e isso entrou na sequência que já estava montada: foi bizarro – ela encaixou.

AMELIA HARTLEY: Foi o casamento perfeito, simplesmente perfeito. As músicas do Radiohead são geniais e essa, quando o corpo está sendo enterrado e os Peaky Blinders saem da mansão antes de ir para Small Heath, funcionou muito bem. E o que o Radiohead tem a dizer é incrível de inteligente e provocante e rico, assim como os enredos que estamos tentando espelhar, assim como são os personagens. Eles não têm nada que seja unidimensional.

78RPM Playlists ①

Temporada Um

'Red Right Hand' – Nick Cave & The Bad Seeds
'Hardest Button To Button' – The White Stripes
'Blue Veins' – The Raconteurs
'Zanstra' – Nick Cave and Warren Ellis
'St James Infirmary Blues' – The White Stripes
'Abattoir Blues' – Nick Cave & The Bad Seeds
'When I Hear My Name' – The White Stripes
'Martha's Dream' – Nick Cave and Warren Ellis
'Broken Boy Soldier' – The Raconteurs
'Clap Hands' – Tom Waits
'I Fought Piranhas' – The White Stripes
'God Is In The House' – Nick Cave & The Bad Seeds
'Little Cream Soda' – The White Stripes
'Ball And Biscuit' – The White Stripes
'Love Is Blindness' – Jack White
'The Prowl' – Dan Auerbach

Temporada Dois

'Arabella' – Arctic Monkeys
'What He Wrote' – Laura Marling
'Working For The Man' – PJ Harvey
'Catherine' – PJ Harvey
'One For The Road' – Arctic Monkeys
'C'mon Billy' – PJ Harvey
'Red Right Hand' – Arctic Monkeys
'Out Of The Black' – Royal Blood
'All And Everyone' – PJ Harvey
'Loverman' – Nick Cave & The Bad Seeds
'Pull A U' – The Kills
'Rocking Horse' – The Dead Weather
'Danny Boy' – Johnny Cash
'Gonna Make My Own Money' – Deap Vally
'I Want Some More' – Dan Auerbach
'Dance Little Liar' – Arctic Monkeys
'Fried My Little Brains' – The Kills
'River Styx' – Black Rebel Motorcycle Club
'All My Tears' – Ane Brun

Temporada Tres

'You And Whose Army?' - Radiohead
'Dangerous Animals' - Arctic Monkeys
'Breathless' - Nick Cave & The Bad Seeds
'This Is Love' - PJ Harvey
'I Might Be Wrong' - Radiohead
'Crying Lightning' - Arctic Monkeys
'DNA' - The Kills
'Used To Be My Girl' - The Last Shadow Puppets
'Don't Sit Down 'Cause I've Moved Your Chair' - Arctic Monkeys
'Soldier's Things' - Tom Waits
'Tupelo' - Nick Cave & The Bad Seeds
'Burn The Witch' - Queens Of The Stone Age
'Red Right Hand' - PJ Harvey
'Bad Habits' - The Last Shadow Puppets
'Meet Ze Monsta' - PJ Harvey
'Monkey 23' - The Kills
'Baby Did A Bad Bad Thing' - Queen Kwong
'Cherry Lips' - Archie Bronson Outfit
'Lazarus' - David Bowie
'Life In A Glasshouse' - Radiohead

Temporada Quatro

'Adore' - Savages
'Red Right Hand' - Fidlar
'Alas Salvation' - Yak
'Further On Up The Road' - Johnny Cash
'Mercy Seat' - Nick Cave & The Bad Seeds
'Lost' - TOMMYANDMARY
'The Longing' - Imelda May
'Devil Inside Me' - Frank Carter & The Rattlesnakers
'I Wish, I Wish' - Rachel Unthank & The Winterset
'Beat The Devil's Tattoo' - Black Rebel Motorcycle Club
'Snake Oil' - Foals
'Heart Of A Dog' - The Kills
'Saved These Words' - Laura Marling
'Red Right Hand' - Iggy Pop and Jarvis Cocker
'A Hard Rain's Gonna Fall' - Laura Marling
'Pyramid Song' - Radiohead

O Pastor

Benjamin Zephaniah fala de Jeremiah Jesus.

Conheço Birmingham muito bem. Foi lá que nasci e cresci. E embora eu não tenha visto a cidade que é retratada em *Peaky Blinders*, ui testemunha do fim da era industrial. Quando eu era criança, as ruas eram cercadas de ábricas. Tinha a Canning's, que produzia revestimentos metálicos, e a Lucas's, que fabricava os faróis de quase todos os carros do mundo. Tinha a British Leyland e a fábrica de munições, a Birmingham Small Arms, que apareceu na temporada um – que no início produzia armamento para a guerra e acabou fabricando motos.

O fim daquela era coincidiu com o início do *heavy metal* nos anos setenta e a cidade teve alguma coisa a ver com o nome.

Birmingham era uma cidade do metal pesado. Tem até o Bairro da Joalheria. Lembro do *smog*, de sair na rua e não conseguir ver muita coisa pela frente por conta da fumaça e da poluição que eram vomitadas pelas chaminés tanto das casas quanto das fábricas. Birmingham era nebulosa; eu andava pela rua e via a sombra vindo na minha direção na névoa, só uma forma, e ouvia alguém chamar meu nome. Era só quando conseguia chegar perto que eu conseguia distinguir o conhecido.

Quando começaram as filmagens de *Peaky Blinders*, não levei muito tempo para imaginar o que teria sido viver naquela era entre a Primeira e a Segunda Guerras Mundiais, pois tinha sido poucas décadas antes da minha infância. Peguei a ressaca daquele período. Quando assistimos a estas cenas em *Peaky Blinders*, com o fogo ardendo nas fábricas e o *smog* pairando nas ruas, não me parece coisa de outro mundo. É o que eu lembro. Tudo mudou depois da Lei do Ar Limpo de 1956, quando tiveram que começar a queimar um tipo de carvão que não produzia tanta fumaça.

Mas foi uma época muito diferente em vários sentidos. No seriado, Jeremiah Jesus não sofre racismo, não do tipo que veríamos mais à frente na história britânica. Segundo Steven Knight, o personagem real, Jimmy Jesus, era seguido por crianças que o viam como uma novidade. Eles nunca tinham visto uma pessoa do Caribe e não existia a intolerância que surgiu depois, quando começaram a reclamar que "eles vieram tirar nossos empregos". Em vez disso, o povo queria ouvir o que os negros tinham a dizer. As crianças de Birmingham se interessavam em conversar com alguém da Jamaica ou da África. Eu conversei com negros que moraram lá na época da Segunda Guerra e depois. Eles me diziam: "Nós éramos a novidade. Quando entrávamos no clube, as moças sabiam que a gente dançava e vinham nos tirar."

Muito tempo antes da gangue dos Peaky Blinders, um negro chamado Olaudah Equiano chegou lá. Ele era um escravo liberto e foi para Birmingham em 1790, onde foi bem recebido porque havia um forte movimento abolicionista na cidade. Equiano en-

> ***O Senhor há de fulminar os profanos quando o julgamento chegar… e o juízo virá, meus amigos.***
>
> Jeremiah Jesus

chia salões quando falava da escravidão; parece que, na época, boa parte dos grilhões dos escravos era produzida em Birmingham, então as mulheres se recusavam a transar com os maridos se eles trabalhassem para quem fabricava correntes. Outros se recusavam a comprar açúcar se soubessem que vinha das colônias, reconhecendo que tinha sido produzido por escravos.

Tudo mudou na época em que fui morar em Birmingham. Fui para um colégio chamado St. Matthias, que era terrível. Eu odiei, mas só depois entendi por quê. Quando eu cheguei, automaticamente me botaram de capitão da equipe de críquete, mesmo que eu não suportasse o esporte. Depois fiquei sabendo que eles tinham criado o time de críquete *por minha causa*. Lembro que Muhammad Ali estava no auge, que vencia todas as lutas, mas eu odiava porque toda a garotada da escola queria que eu lutasse igual a ele.

Como St. Matthias era uma escola religiosa, nós tínhamos oração toda manhã. Um dia eu fui no banheiro e deixei um pouquinho do xixi molhar o assento. Eu tinha cinco ou seis anos, mas a professora me levou na frente de todo o colégio. Dá pra imaginar? Eu, a única criança negra fora minha irmã gêmea, e a professora falou comigo na frente de todo mundo.

"Neste país, nossos garotos levantam o assento antes de fazer xixi, não é, garotos?", ela disse.

Todos os meninos do colégio responderam: *Sim, professora.*

Ela continuou. "Neste país, garotinhos fazem isso e garotinhos fazem aquilo…"

Sim, professora. Sim, professora.

Foi confuso.

De vez em quando os ciganos passavam pela cidade. Eu estava numa escola protestante, e descendo a rua tinha uma escola católica, mas os protestantes não gostavam dos ciganos. Diziam: "Eles são sujos, fazem isso e fazem aquilo." Mas eu adorava os ciganos. Eles brincavam na areia. Eles brincavam nos bombardeios. Eles faziam coisas, consertavam coisas, e eram *muito bons* em consertar. Se a sua bicicleta estivesse quebrada,

Tommy: Jeremiah, pode perguntar a Ele se você nos ajuda hoje?

Jeremiah: Deus disse que não se mete com Small Heath, senhor.

eles a desmontavam e remontavam. Aí, no fim da noite, eles se sentavam em volta da fogueira, liam poemas e cantavam. Pra mim, eram quase caribenhos.

Eu costumava contar a piada de que toda menina tinha suas marcas de guerra, porque elas brigavam tanto quanto os meninos. Eu lembro de ficar em volta da fogueira no início da noite, com a bicicleta consertada, e depois alguns deles me acompanharem até em casa. Eu estava contando essa história ao Packy (Lee, que interpreta Johnny Dogs em *Peaky Blinders*) no *set*. Eu repassei as histórias do que eles faziam e ele começou a cantar. Reavivou minhas memórias!

Mas, quando *Peaky Blinders* começou, algumas pessoas comentaram os sotaques, reclamando. A verdade é a seguinte: o sotaque de Birmingham evoluiu. Quando eu era mais novo, eu lembro de como o sotaque de Birmingham era influenciado pelo irlandês, porque tinha uma grande comunidade irlandesa na cidade. Isto está retratado em *Peaky Blinders*, porque deve ter sido ainda mais relevante naquela época. Na temporada um, o IRA, o IRA original, tinha forte apoio em Birmingham.

Dois amigos meus foram mortos pelo IRA no atentado de Birmingham – um atentado a bomba que aconteceu em 1974 e teve 21 mortos. Na época eu era um bandidinho pé de chinelo; cheguei a fazer parte de uma gangue chamada *Rastafarian Peaky Blinders*. Tinha alguns de nós já enroscados com a lei e que estavam na condicional. Dois chapas, Paul e Neil, sumiram. A polícia veio pra cima – queriam saber onde estavam os dois e por que não tinham se apresentado para a condicional. Até que, um dia, eles bateram na nossa porta com um padre. Entendemos que era coisa séria porque normalmente eles vinham ali saber se a gente tinha dinheiro escondido. Pra isso não iam precisar de padre. "Desculpem, temos más notícias", disse um policial. "Descobrimos que Paul e Neil foram mortos no atentado de Birmingham."

Nós não entendíamos de política na época, nem dos conflitos que estavam rolando, mas a polícia queria nossa ajuda.

"Trabalhem com a gente. Se acontecer alguma coisa com vocês no tribunal, a gente diz para o juiz ser mais compreensivo. É só vocês começarem a nos passar informação dos irlandeses."

Nós podíamos nos encrencar, mas se tinha coisa que a gente odiava mais do que cadeia era caguete. Não fazia diferença que quem tivesse cometido o atentado não era aliado da nossa gangue. Ser caguete era pior. Dissemos para a polícia tomar no cu.

O sotaque foi uma questão interessante por causa da política da época. Nas salas de estar do povo, aconteciam pequenas aulas em que os tutores ajudavam irlandeses a ter um sotaque mais Birmingham, mais *inglês*. Eles queriam se livrar do sotaque irlandês porque chamava a atenção da polícia. Todo mundo estava sob suspeita. Quando alguém discutia o que

estava rolando com os sotaques, às vezes se falava: "Ah, então assim que era naqueles tempos." Eu não sabia do que estavam falando. Teve que chegar *Peaky Blinders* para eu entender.

Portanto sempre houve uma comunidade irlandesa forte em Birmingham. Sempre houve uma comunidade separatista e ela sempre esteve sob suspeita, vigiada pela polícia. A polícia vinha nas gangues de negros e dos rastafáris procurando ajuda. Diziam: "Olha, a gente deixa vocês fumarem bagulho em paz se vocês derem alguma informação dessas pintas da Irlanda." A resposta era sempre a mesma. Dizíamos para eles irem tomar no cu. É uma trama que não ficaria estranha em *Peaky Blinders.*

Tem aquela pergunta que sempre me fazem: "Tinha negro em Birmingham naquela época?"

A resposta é sim. Jimmy Jesus era um jamaicano que serviu com os rapazes dos Peaky Blinders na Primeira Guerra Mundial. Ele voltou para Jamaica por um tempo, mas sentiu tanta saudade dos irmãos de Birmingham que se mudou para lá. Enquanto Jimmy estava na cidade, ele ficou um pouco doido e depois descobriu que alguns amigos eram de gangues. Ele se vinculou aos Peaky Blinders originais, mas, como você sabe, os Peaky Blinders originais não tinham essa banca que se vê no programa.

A história dele acabou virando a inspiração para Jeremiah Jesus. Virar pastor foi coisa fácil para o Jimmy. Se você conhece os caribenhos, vai saber que tem praticamente uma igreja em cada esquina na Jamaica – acho que tem mais igrejas *per capita* do que em qualquer país do mundo. É uma ilhota, então você vai entender por que o Cristianismo está tão embutido no povo. Não é o Cristianismo ortodoxo. Na verdade, é o Cristianismo dos nossos mestres escravagistas. É um troço esquisito.

Em Birmingham, Jeremiah virou um pastor que ficava vagando por aí, caminhando pelas ruas da cidade, pregando a morte e o fogo aos fornicadores e ladrões. Ao mesmo tempo, ele era olhos e ouvidos dos colegas de gangue porque sabia o que estava rolando nas ruas; as pessoas vinham a ele para confessar os pecados. Era um padre maluquete.

É compreensível que ele possa ser considerado louco. Assim como Tommy, Arthur e outros, Jeremiah havia acabado de voltar da guerra, e lá a vida era bruta. Havia brigas reais, mano a mano. Mas os médicos não reconheciam essa tensão nos homens que voltavam da França. Existia uma coisa que chamavam de *shell shock*, mas que só era diagnosticado se você pirava total. Quem tinha o meio termo, o distúrbio que hoje chamamos de transtorno de estresse pós-traumático, não era reconhecido como doente. Se você estivesse funcional, se você estivesse de pé, mas tivesse uns pinos soltos como o Jeremiah, não tinha importância. Só fazia diferença quando você era totalmente incapaz. Aí você tinha *shell shock* e eles te trancavam num asilo onde você podia até levar choque.

Eu amo interpretar Jeremiah. Acontece uma coisa estranha toda vez que eu entro no *set*. Quando eu visto as roupas, eu empurro a barriga um pouco pra fora, pra ganhar uma pancinha. Eu tenho a barriga bem reta, mas gosto de estufar; meu porte fica outro. Todo mundo faz isso: eu observo o Cillian quando ele se veste. Assim que ele bota os apetrechos, ele anda com as mãos um pouquinho esticadas pelas laterais. E aí o Paul imposta aquela voz mais rugida do Arthur: "Vai jantar, Benjamin?" Ele entra direto no personagem.

Lembro de quando eu estava interpretando, que eu li as primeiras palavras que eu tinha que dizer e falei: "Como você quer que eu faça? *Brummie*, caribenho ou o quê?" O diretor respondeu: "Como você quiser: não é pra pegar pesado no caribenho, mas não exagere no Birmingham." Então a voz, especialmente quando eu estou pregando, é a mesma voz que eu uso quando leio poesia ao vivo. É um pouco mais jamaicana que minha voz normal. Minha voz normal pendeu mais para o inglês com o passar dos anos. Então, vestido, com a barriga estufada, eu olho no espelho e sei que rolou. É geralmente quando eu boto o chapéu e a cruz no pescoço. É isso: virei Jeremiah Jesus.

Acho que o casamento de Tommy e Grace na temporada

Jeremiah: A sua irmã e Freddie voltaram hoje de manhã. Tentei seguir, mas o Freddie sabe se esconder. Parece um peixe.

Tommy: Tudo bem. Continue pescando.

três é minha cena predileta até agora porque é um pouco fora do prumo. Eu visto a túnica que reforça que eu sou um padre de verdade. Eu não me faço de padre; eu sou um padre e sou meio doido! Tem a foto de uma cena de quando não estávamos filmando. Sou eu parado e o Cillian e a futura esposa estão se olhando. Aí o Paul saltou na frente da câmera e fez joinha com as duas mãos. Aquela foto rodou a internet! A igreja lotada, cheia de coadjuvantes, várias crianças. Todos tinham que cantar e você se sentia parte, como num casamento de verdade.

De certo modo eu me sinto privilegiado, porque sou a única pessoa no *set* que não é ator em tempo integral. Teve gente que me disse: "Por que você não tem um papel maior? Por que você não faz mais?" Eu sempre respondo: "Porque eu estou nas ruas, eu estou no meu mundo; eu não estou sempre de rolê com os Peaky Blinders, eu estou por aí, fazendo outros rolês..." Principalmente depois que a gangue ganha mais dinheiro e se muda para as mansões. A ideia era que o Jeremiah ainda estava nas ruas; eu não fui com os Shelby para a vida nova. Eu estou em Birmingham. Quando Tommy quer informação, ele volta a falar comigo. Ele volta às ruas, e eu cochicho no ouvido dele.

Jimmy Jesus não seria o único negro em Birmingham. Havia outros, só não era uma comunidade grande. Não sei se você chamaria *Peaky Blinders* de drama de época. Como se passa no passado, talvez se diga que sim. Mas eu notei há pouco tempo que, desde *Peaky*, tem mais atores negros participando de dramas de época. Acho que *Peaky Blinders* foi um dos primeiros. Jeremiah não é um personagem que está ali só para estar. Ele era uma figura de verdade e não foi para cumprir cotas.

Espero que Steven Knight tenha tanto orgulho do papel quanto eu. Faz anos que eu frequento os cantos, recantos e becos da cidade, por isso eu conheço as pessoas de verdade e vejo o orgulho que dá em gente de Birmingham: eles amam. Eu torço pelo Aston Villa, mas os Peaky Blinders são *Blues* (torcedores do Birmingham City). Quando eu vou a uma partida, eles dizem: "Benjamin, nós ainda te amamos mesmo que você seja um Peaky Blinder."

Mas tem *Blues* que vão nas partidas vestidos de Peaky Blinder. Tem uns figuras de Birmingham que andam vestidos de Peaky Blinder. Mas deixa pra lá: a autoestima que o seriado trouxe para o povo é imensa, e não é só essa ideia do "Ah, nós entramos no mapa da Grã-Bretanha." Eles sabem que também faz sucesso pelo mundo.

Outro dia recebi um roteiro de outra coisa. Lembre-se que eu tenho sessenta anos. Eu não me considero ator, embora em certo sentido eu venha atuando a vida inteira, fazendo várias coisas, como poesia. Mas esse roteiro tinha uma coisa muito estereotipada, no sentido negativo, do cara negro e rastafári. Eu olhei e

disse: "Não." Eu sei que *Peaky Blinders* trata de criminalidade, é óbvio, mas é baseado na realidade. Chega esse programa sobre os negros na Grã-Bretanha atual e o roteiro me botava de traficante de drogas e vendendo armas; eu tenho que falar de um jeito que eu não falo. Eu olhei o roteiro e pensei: "Putz, que troço datado." Eu não acreditei que tinham me enviado.

Fazer uma coisa que reflete a realidade, como *Peaky Blinders* – embora seja violento e, claro, exagerado, mas com raízes em algo de verdade –, me deixa orgulhoso. Faz outras pessoas terem autoestima. Como a minha mãe, que diz: "Ah, é um pouquinho violento, mas adoro que eles falam de Small Heath e Washwood Heath, de Alum Rock." Lugares que nós conhecemos, não uma versão estereotipada de Londres ou do lugar que for. Estou muito contente com meu papel; fico contente com o que o seriado fez. É um retrato de um período fascinante na história britânica para várias culturas.

Legítimo Herdeiro

Finn Cole fala de Michael Gray.

Fiquei sabendo do papel de Michael Gray quando meu irmão Joe, que interpreta John Shelby, me disse que havia um personagem em *Peaky Blinders* que eu poderia pegar. Fiquei sabendo um pouco mais sobre Michael e pensei: *Oh, yeah*. Eu estava na faculdade, mas era uma grande oportunidade e eu tive que aproveitar. Fizemos um vídeo no celular do Joe e enviamos para o agente dele. De uma hora para a outra, estou numa reunião com o diretor Colm McCarthy, com a diretora de *casting* da segunda temporada, Shaheen Baig, e com Laurie Borg, a produtora. Li duas cenas e me ofereceram o papel. Não consegui acreditar.

Eu era muito fã de *Peaky Blinders*. Primeiro porque o Joe fazia parte. Mas eu também adorava o seriado e o jeito como estavam trabalhando a história; eu gostava muito das referências de estilo e de música que estavam usando para criar o mundo pelo qual os personagens andavam. E eu adoro os personagens. De repente eu estava chegando no *set* de mãos dadas com meu irmão, durante a produção da temporada dois, que foi quando Michael apareceu pela primeira vez como o filho perdido de Polly. Foi uma grande ajuda tê-lo por lá. Era capaz de eu entrar em um *set* de filmagem e fazer perguntas imbecis, tipo: "Quem faz aquilo?" ou "Onde se vai para…?" É um lugar bem complicado de se entrar se você não tiver familiaridade. Ter o Joe para me passar o beabá foi ótimo.

    O que me atraiu mesmo em *Peaky Blinders* na primeira temporada foi o texto. O conhecimento que Steven tem dos personagens e suas pesquisas sobre Birmingham entre as guerras era diferente de tudo que eu já tinha visto. Eu acho que ninguém o supera em termos de qualidade quando se trata das histórias que ele quer contar e dos personagens que circulam por lá. Para um ator, o que é ótimo é que podemos interpretar os acontecimentos da nossa maneira e às vezes fazer do nosso jeito. Foi assim que Paul Anderson construiu o personagem e o emocional do seu papel. O texto de Steven armou a cena e Paul usou para deixar o personagem mais espalhafatoso, maior, até mais forte. É muito divertido, pois é o caso de um seriado que podia se fincar em torno de um personagem só, Tommy Shelby, e agora Steven pode deixar que a responsabilidade recaia nos ombros de outros. Foi o que ele fez com todos nós.

Quando conhecemos Michael na temporada dois, ele tem aquela carinha moça e inocente. E é estranho para um ator receber os roteiros como os que nos passam em *Peaky Blinders*. Não sabíamos o que Steven havia planejado para nós mais à frente; geralmente o futuro dos nossos personagens é um mistério. Mas quando eu li as primeiras cenas em que Michael estava envolvido, eu pensei: "Eu acho que sei onde isso aqui vai

Só somos Peaky Blinders se estivermos juntos, caralho.

Michael Gray

No meu vilarejo tem um poço dos desejos. Ele é feito de tijolinhos brancos e fica bem no meio do parque da cidade. Todo mundo diz que é lindo. Mas eu juro por Deus que, se passar mais um dia naquela cidadezinha, eu vou explodir aquele troço a dinamite. Eu posso até explodir as mãos, mas vai valer a pena só pra ver os tijolinhos esparramados pelo parque.

Michael Gray

dar…" Ele tinha atributos de líder, de quem manda. Ele tinha essas competências. O jeito como o Steven largou essas pistas pela trama foi muito sutil e é uma temática com o personagem de Michael que perpassou todo o seriado. Tem sido muito empolgante interpretar esse papel.

Quando Steven delineou o personagem para mim pela primeira vez, ele o descreveu como a versão mais moça de Tommy. Discutimos sua capacidade de manter a tranquilidade, a serenidade do controle, mas também falamos de como ele é inteligente e educado. Às vezes ele podia até assustar – teve vezes em que foi muito divertido me passar por Tommy, mesmo que tenha sido sutil. Uma das minhas cenas prediletas é a em que Tommy e Michael se encontram pela primeira vez, na temporada dois. A dupla está conversando numa sala quando Michael fala de um poço dos desejos perto de onde ele mora.

Michael quer que Tommy fique sabendo que ele odeia suas origens; ele quer fazer parte da família Shelby e é assim que se vende a Tommy. Ele diz que tem força para subir na carreira – que a vida de gângster está no seu sangue. Ele não é só o garoto que se empolga com os Peaky Blinders; ele fala sério, a gangue está no coração e isso fica sublinhado quando Digbeth Kid, o personagem que baseou o nome em Billy the Kid, para grande diversão da gangue, começa a aparecer. Digbeth é meio infantil. Os rapazes calculam que ele assistiu muito filme. Ao fim, a gangue Sabini manda matar Digbeth na cadeia.

Essa tragédia acontece porque ele é um impostor. Mas é um belo contraste com a introdução de Michael. Ele *não é* um impostor. Ele nasceu nessa família e tem direito ao cargo. Quando ele fala do poço dos desejos, Michael está dizendo a Tommy: "Estou pronto." É um tema que se repete mais à frente quando ele diz a Arthur e John que está pronto para matar o Padre John Hughes, depois que se revela que, quando criança, ele sofreu abuso do padre. Ele fala de como a arma parece fazer parte de sua mão.

"Qual é a sensação, Michael?", diz John. "Melhor do que segurar uma caneta, não é? Lembra mais ter o pau na mão."

Michael concorda. "É... é, lembra", ele diz. É um momento potente.

Mas a história dele é fascinante já de partida. Michael foi uma criança que foi parar na assistência social. Ele foi levado quando era muito pequeno, mas fica ciente da sua outra família. Ele sabe que foi adotado, mas passou a maior parte da vida crescendo com uma família chique. Quando ele conhece Tommy, porém, sua vida muda para sempre. Ele vê o homem; ele tem o *dusty black coat and a red right hand* [casaco preto empoeirado e a mão direita vermelha], ele é o personagem que é descrito na música de abertura do Nick Cave & the Bad Seeds. Na cabeça de Michael, Tommy lembra um super-herói: ele é marcante, ele é rico, e Michael vê o potencial para si caso siga o mesmo caminho.

Michael imediatamente se dá conta de que Tommy deixa a desejar em termos de empatia, uma coisa que os dois compartilham. Michael também deixa a desejar em razoabilidade. Claro que ele tem charme e encanto, mas boa parte do emocional que a pessoa precisa para amar e valorizar quem está à sua volta não existe ali. É o que faz de Michael uma pessoa bem perigosa de se ter por perto, e muitas das experiências que ele tem conforme o seriado avança deixam-no ainda mais dessensibilizado. Quando ele vai para a cadeia porque caiu nas mãos do major Chester Campbell, na temporada dois, ele sofre abuso de outros detentos. Não vemos na tela e nunca é explicado de forma explícita ao público, mas as notas de roteiro para o personagem tratam de como ele foi agredido. No dia da filmagem, acrescentaram algumas falas para deixar claro que ele tinha sido estuprado, mas não tínhamos certeza se era necessário. Ao fim decidimos sugerir a ideia, a do que poderia ter acontecido com ele. Michael levou uma surra de Campbell e dos capangas, e a agressão deixa-o ainda mais durão.

Acho que a origem desse desapego emocional vem do fato de que Michael nunca sentiu amor de verdade. Como ele está

ciente de que a família com a qual ele mora não é sangue do seu sangue – e ele está com a impressão de que a família de verdade não o amava, e que sua mãe (Polly) não dava bola –, ele cria uma armadura emocional. Quando ele acaba encontrando Polly, cria-se um relacionamento interessante entre os dois porque eles são muito parecidos. Eu penso com frequência que a persona de Michael é uma mistura de Tommy e Polly. Ele tem certas características de ambos.

É certo que ele compartilha com eles a experiência de traumas sérios, coisa que muitos da família Shelby sofreram em um ou outro momento. Na temporada quatro ele passa por uma experiência quase fatal: primeiro quando ele é alvejado no mesmo ataque em que morre John, e depois quando o gângster italiano, Luca Changretta, aponta um revólver na sua cara quando ele está se recuperando no hospital. Quando Changretta puxa o gatilho, a arma está descarregada graças a um acordo que ele fez com Polly. Se você liga isso ao fato de que ele tinha sofrido abusos do Padre John Hughes, todos esses acontecimentos transformaram-no em um personagem muito forte. Ele fica praticamente à vontade com o sofrimento.

Também entra nessa receita a noção de que ele é muito ambicioso, que ele gosta do sucesso e que tem planos… É muito bom interpretar essa parte. Ele também é viciado, assim como Tommy, mas o que o guia é um vício no poder e não nas drogas ou no álcool, o que eu tenho certeza que vai levar à sua derrocada em algum momento. É uma coisa que bate na temporada quatro, quando ele não conta a Tommy que os italianos bolaram um plano para assassinar o líder dos Peaky Blinders, um plano armado por Polly para salvar a vida de Michael, e por isso ele acaba sendo mandado para Nova York para expandir os negócios da família Shelby. Mas ele sempre teve um lado implacável. Tenho interesse em ver o que Steven faz com o personagem. Eu quero achar que, no longo prazo, ele vai botar Tommy e Michael no ringue.

Quando Michael enfia uma faca na garganta do Padre John Hughes, temos um momento potente por dois motivos. O primeiro é que ninguém acredita que Michael tem coragem para dar conta do recado, mesmo que ele repita várias vezes à família que vai dar conta. Quando ele enfim mata o abusador, Michael fica mais à vontade com seu lado sombrio; ele fica muito mais calmo e mais no controle conforme a história avança, o que eu diria que o deixa mais sociopata. Mas eu gosto disso no personagem. Do início da temporada dois ao fim da temporada três ele se transforma em um personagem totalmente distinto, e o assassinato é um momento que o define. É uma iniciação no outro lado da família, que era o que ele queria desde o início. Michael estava envolvido no negócio dos Shelby, mas ele sempre quis trabalhar no lado sombrio também.

Michael é muito parecido com Tommy e Polly, os dois líderes da família. Os três agem do mesmo modo, mas ao mesmo tempo são muito diferentes. O que ele compartilha com ambos é a calma, a tranquilidade e o controle em relação a confrontos. Eles também têm essa capacidade de conquistar os outros com o charme enquanto tomam as rédeas e as decisões. É um dos motivos pelos quais eles têm tanto sucesso. O que ele não tem é a inteligência afiada de Polly. Ela pensa as coisas a fundo, enquanto Tommy é mais masculino – o que eu falo no sentido negativo. Tem esse aspecto das mulheres que administram famílias ou organizações. Elas têm uma abordagem melhor. Elas são mais atenciosas. Tommy não é assim.

Por trás de todas as grandes famílias em dramas policiais – e eu falo grandes mesmo que não devêssemos fazer idolatria – há mulheres poderosas que foram mães ou – no caso de Polly em relação a Tommy – tias. Foi assim que a sociedade se comportou ao longo da história; gente como Polly não chegou a ser nomeada líder dessas famílias, mas tomava decisões iguais a outros. Eu acho fascinante ver como Steven deixa isso patente. Parece que a mãe dele era igual. Pelas histórias que ele ouviu da gangue real dos Peaky Blinders, eram as mulheres que comandavam. Muitas vezes, quando os pais estavam no *pub*, se embebedando e sendo muito desagradáveis, quem cuidava das famílias eram as mulheres. Não só isso, mas elas também assumiam a responsabilidade por tudo no bairro. Era a história que ele queria contar e quando você soma isso a uma performance incrível de alguém como Helen, você tem uma família fictícia que dá vontade de seguir e apoiar.

A relação entre Michael e Polly tem sido fascinante desde o começo. Sou muito apegado à minha mãe e ao resto da família, mas fazer parte de uma trupe complicada como os Peaky Blinders é uma coisa difícil de se colocar em palavras. Eu acho que Michael decepcionou Polly algumas vezes e ele fez algumas coisas com as quais ela não necessariamente concorda, mas ela é absolutamente apaixonada por ele. Por muito tempo ela achou que o havia perdido para sempre, que nunca ia encontrá-lo. Agora que ele voltou, ela tem alguém por quem viver, o que a torna superprotetora do filho no decorrer da trama.

Mas esse laço fora da tela ajuda a criar identificação na tela. Independentemente de qual seja o contexto da história – que pode ser poético, sensual, desprezível; é uma coisa extrema e é direta. Seja Polly tentando impedir que Michael faça alguma coisa terrível, ou que Tommy e Arthur briguem por causa de uma decisão de família, o público ainda tem empatia pelo relacionamento entre os indivíduos em questão porque eles passam por situações parecidas na vida cotidiana, mesmo que não com o mesmo nível de violência ou criminalidade. Os laços estão ali, mas os ambientes são outros. Reflete o fato de que há laços dentro da família que você não vai ter com outra pessoa fora daquele grupo. Acho que muitas famílias por aí são unidas; um sempre apoia o outro. É bom ver que isso também existe nos Shelby.

O que a história representa é confiança. Mostra como a família vai ficar unida, às vezes em circunstâncias brutais e de apavorar; um levaria bala pelo outro. Eu acho que é por isso que *Peaky Blinders* é tão curtido por tanta gente. Os personagens da tela aparecem, até certa medida, em qualquer família: tem a pessoa

Eu já decidi.
Eu quero ganhar
grana de verdade.
Com vocês.

Michael Gray

que toma as dores por todos os outros; tem a pessoa que é a responsável e tem outra que é mais contida, calma, suave; tem também aquele que não é muito esperto e um pouco inconstante, mas também muito emotivo, e assim por diante… Muita gente adora histórias de família porque veem que podem se encaixar.

Ter meu irmão de verdade no seriado foi uma experiência particularmente emotiva, principalmente quando o personagem dele morre durante um atentado da gangue Changretta na temporada quatro… um atentado do qual Michael também quase sai sem vida. Eu estava no início da carreira e devia tanto ao Joe por criar meu interesse pelo seriado e por me ajudar com meu papel. De certo modo foi bom estar lá e assistir ele levar o tiro no último dia, mas foi uma coisa imensa. O que eu adoro é que, mesmo depois da morte de John, os outros personagens ainda falam dele, há fotos dele por todo lado e fica claro que ele não foi esquecido. É uma conexão pessoal que eu gosto.

Estou muito curioso para ver para onde a história de Michael vai se direcionar quando a trama de *Peaky Blinders* seguir. Steven escreveu um personagem com atributos que não ficaram evidentes desde a introdução. Como ele se encaixou no arranjo familiar dos Shelby é algo empolgante de interpretar e é uma personalidade divertida a que eu posso me dedicar. Geralmente eu me pergunto: "O que Steven vai fazer agora?" As possibilidades são infinitas, porque ele consegue fazer a história funcionar e ele consegue deixar cada personagem realista. Recebemos os seis episódios antes de começar as filmagens – tudo é planejado, tramado e a temporada raramente muda durante a filmagem. Eu adoro receber roteiros e me preparar para o que vem a seguir. É o que eu acho mais empolgante. Eu gosto de ler como a história da ascensão de Michael está ganhando vida, devagar e sempre.

Ao Alcance de um Soco

Violência e fragilidade entram em colisão com consequências devastadoras para a família Shelby.

A Temporada Três Vista por Dentro

Partindo da mansão de Tommy Shelby, os Peaky Blinders estão em rota acelerada rumo a uma "crise existencial". Depois de sobreviver à execução no final da temporada dois e com seu império comercial chegando ao território norte-americano, Tommy sente-se com coragem. Seu plano: abandonar o submundo do crime que sua família habita há tempos e legitimar seus negócios. O casamento com Grace Burgess subjaz a vontade de deixar o passado sombrio para trás; Tommy não quer mais viver vigiando suas costas, com medo de ser atacado, e rondar as sombras dá muito trabalho. É hora de os Peaky Blinders evoluírem. Mas será que eles conseguem?

Para captar a complexidade e os conflitos emocionais em jogo, o diretor belga Tim Mielants veio assumir o leme dos seis episódios depois de chamar atenção com seu drama de 2014, *Cordon* – a sinistra história de uma epidemia viral na Antuérpia. "O que eu entendi foi que eles queriam uma evolução (em relação à temporada dois)", diz Mielants. "Toda a empáfia que tínhamos na temporada dois fica um tanto diminuída na temporada nova. Essa gente está passando por uma crise de meia-idade. É como se um dissesse ao outro: 'O que estamos fazendo? É o que vamos fazer pelo resto da vida?'"

"Eles se sentem vazios por dentro. É uma temática com a qual eu me identifico. O texto de Steven era sensacional. A meu ver, a terceira temporada é a história de como o poder pode levar à solidão. Em termos visuais, fomos muito inspirados por filmes que seguem o mesmo arco, como *Cidadão Kane* – aquele casarão que começa a parecer uma prisão perto do final. Eu não tenho muito prazer com a máfia, nem com empáfia. Foi interessante dar outra camada ao programa, levar a história a outro ponto."

Ao longo de um arco cheio de nuances que envolve amor, luto, traição e vingança, as figuras-chave de *Peaky Blinders* tornam-se ainda mais multifacetadas. Os inimigos de Tommy Shelby ganham em números. Ao mesmo tempo, seu casamento com Grace deixa-o cada vez mais vulnerável a ataques; é de conhecimento comum que a esposa de Tommy e seu novo filho, Charles, são seus pontos fracos e que estão à mostra. Como o major Chester Campbell descobriu na temporada dois, "Tommy Shelby não tem medo de morrer". E, quando uma rixa com a família criminosa dos Changretta se aviva depois de John atacar Angel Changretta, a repercussão chega a Tommy com consequências devastadoras. Um assassino mata Grace durante um jantar beneficente e, no rastro do ocorrido, Tommy se despedaça.

Inicialmente, Cillian Murphy expressou dúvidas quanto à melhor maneira de interpretar o personagem de Tommy em um momento de aflição emocional. "Ele queria saber: 'Tommy Shelby pode chorar?'", Mielants contou. "E eu disse: 'Sim, por que não? Tommy tem mulher e filho. É o que há de mais vulnerável na vida.'"

"Claro que ele ficou um pouco nervoso.

Cillian vinha interpretando Tommy com a cara fechada há duas temporadas. Mas, como eu sou estrangeiro e tenho outra relação com o seriado, falei: 'Acho que temos que chegar lá.' Ele é um ator excelente e conseguiu mostrar um lado muito interessante e frágil de Tommy Shelby. Nós não tínhamos certeza de como ia ficar, mas no final das contas ele ficou orgulhoso do que fez. Foi uma coisa linda."

Com a vida de Tommy em frangalhos, a eloquência nas emoções de Murphy fica ainda maior. Há o peso da culpa pela morte de Grace, pois Tommy sabe que a bala do assassino dirigia-se a ele. Para aliviar a dor, ele tem um caso carregado de perversões com a grã-duquesa russa exilada Tatiana Petrovna (Gaite Jansen). Juntos, eles se lançam em jogos de asfixia e roleta russa. Mas o escape sexual acompanhado de narcóticos não basta. Conforme Tommy se desliga da família, os Peaky Blinders ficam desamparados.

Em meio ao tumulto emocional, a gangue envolve-se em um complô complexo e perigoso de exportar armas e veículos blindados, via trem, a russos czaristas que enfrentam os bolcheviques na Georgia. O plano é armado via chantagens e financiado pelos aristocratas russos banidos, vinculados a Petrovna. Quem intermedeia o acordo é a sinistra Liga Econômica, um grupo político britânico de extrema direita que coage Tommy, ameaçando revelar os negócios escusos dos Peaky Blinders. Fica na mesa que a família irá à forca pelos crimes caso ele se recuse a finalizar a transferência segura do armamento.

O personagem mais vil

"Paddy [Considine] é um ator que sempre

entrou nas nossas discussões sobre *Peaky*", diz a diretora de *casting* Shaheen Baig. "O Padre John Hughes é um personagem extremamente complexo; ele é muito inteligente e dá medo. Eu assistiria ao Paddy lendo a lista telefônica. Há um confronto tenso na temporada três entre Paddy e Cillian no estaleiro; são dois atores que estão no melhor da carreira, um retrucando ao outro... Foi sensacional. Você não faria confissões ao Paddy com aquela batina, faria?"

> **Eu sei enfeitiçar cachorros, e os que eu não enfeitiço eu consigo matar com as próprias mãos.**
>
> **— Tommy Shelby**

Segue-se uma série de permutas e traições. Inicialmente os aristocratas russos planejam pagar aos Peaky Blinders pelo transporte do armamento em joias – pedras preciosas e ovos Fabergé levados à Inglaterra e escondidos em uma cripta sombria sob o Tâmisa. (Para provar que confiam em Tommy, eles lhe dão de presente uma safira, que depois se revela amaldiçoada; Grace é assassinada com o berloque no pescoço.)

Contudo o plano está sendo manipulado desde o início. A Liga Econômica tem um plano oculto: os detalhes do carregamento são vazados a forças soviéticas que planejam destruir o trem de carga com os Peaky Blinders ainda a bordo, cometendo uma atrocidade em território britânico. Tommy fica sabendo que estas eram as intenções da Liga Econômica desde o início: a intenção deles é que o governo britânico corte laços com a União Soviética após as repercussões políticas. Quando os Peaky Blinders ficam sabendo da sua função como dano colateral, eles trabalham junto aos comunistas para sabotar o carregamento. Mas Padre Hughes continua o tempo todo no rastro da gangue, sua persona na tela carregando tanto maldade quanto ameaça.

"Ele deve ser o personagem mais vil que Steven já criou", diz Cillian Murphy. "Paddy fez um trabalho brilhante, mesmo sendo um homem tão querido, tão maravilhoso. Ele conseguiu imbuir Padre Hughes de tanto horror que chega a ser difícil de conceber."

"Eu o dirigi de um jeito surreal e Paddy gostou", diz Mielants. "Ele era muito confian-

te e menosprezava os outros personagens. Tínhamos memórias em comum de professores do ensino médio. Lembro de compartilharmos memórias do modo como essa gente rebaixava as crianças em aula, então partimos dessa base. O Padre John Hughes gosta de ficar cercado de gente da classe alta – ele acha agradável. Esses dois elementos eram interessantes: o cara que menospreza e o cara que se sente bem na alta-roda."

Quando os Peaky Blinders roubam a cripta russa, mais à frente, eles entregam o butim à grã-duquesa Tatiana Petrovna em troca de dinheiro; o valor da bolada é avaliado pelo perito em joias Alfie Solomons, personagem que se prova traiçoeiro ao longo do seriado.

"A sequência na cripta foi muito boa porque minha ideia era lhe dar um abajur para estudar as joias. Eu queria que ele tivesse alguma coisa na mão. Eu disse: 'Vamos fazer toda a iluminação só com ele segurando um abajur e deixando ele caminhar pela sala.' Repassamos a cena ponto a ponto. Eu amei a energia com que ficou. O negócio todo durou vinte e cinco minutos, só no *set*. Interpretamos a cena inteira cinco ou seis vezes, mas cada uma de um ângulo distinto. Parecia uma peça de teatro. Essa sensação transpassou à tela."

Cherchez la femme

Em meio ao caos, Arthur Shelby, um homem problemático destroçado pelos traumas de guerra, pelos exageros com a cocaína e pela violência descontrolada, encontra consolo em sua nova parceira, Linda. As crenças religiosas da esposa quacre chegam no momento certo para tratar de uma personalidade no limite. Arthur volta-se a Deus para se retrair de um estilo de vida que ele sabe que tende para a autodestruição. Quando Linda engravida, o casal acaba se impactando mutuamente. Linda se atraca com Tommy, exigindo um acordo financeiro mais benéfico para Arthur. Depois ela persuade as moças Shelby a entrar em uma greve feminina organizada pelo sindicalista encrenqueiro Jessie Eden (Charlie Murphy).

"Fora das telas, entre as temporadas dois e três, foi ideia de Tommy conseguir uma mulher cristã para acalmar Arthur", diz Steven Knight. "Mas eu queria brincar com a ideia de que, enquanto Linda o converte à religião, ele a converte aos costumes de sua família. Linda adora. Ela adora essa vida e se vicia."

"Em termos históricos, os quacres construíram um subúrbio inteiro na zona sul de Birmingham, chamado Bournville, onde se produzia o chocolate do mesmo nome. Os quacres sabiam que álcool era um problema sério na região, e no distrito de Bournville não havia *pubs*. O que eles acreditavam, um tanto tolos, era que podiam abrir cafés, onde vendiam chocolate quente. Eles achavam que o chocolate era um prazer virtuoso que substituiria o álcool, e é por isso que [as marcas de chocolate] Cadbury, Fry's e Rowntree's originalmente eram de famílias quacres das Midlands. Eu queria que alguém dessas origens pegasse Arthur e lhe trouxesse a salvação."

A situação de Polly fica ainda mais precária do que na temporada anterior. O reencontro com seu filho, Michael, na Temporada Dois, tomou rumos amargos conforme ele entrou na órbita de violência dos Peaky Blinders. Quando ela fica sabendo que Michael planeja assassinar o Padre John Hughes – depois que se revela que ele sofreu abusos do padre enquanto estava sob sua tutela – ela chega a alertar à família: "Juro por Deus que, se Michael puxar o gatilho, eu derrubo essa organização inteira na cabeça de vocês." Segundo a narrativa de Steven Knight, a personalidade de Michael, que ficou mais calculista ao longo da segunda temporada, toma uma rota mais sinistra. E Polly é incapaz de impedi-lo.

"Sempre é interessante conferir gente que

sabe lidar com suas emoções, quase como psicopatas", diz Steven Knight. "Foi uma coisa com a qual eu joguei. Eu via que Finn Cole era um grande talento."

Conforme o filho dela fica cada vez mais exposto ao perigo, Polly tenta fugir de uma vida que a apavora, mas toma uma série de medidas um tanto atrapalhadas, às vezes perigosas. Durante a confissão, ela deixa escapar que os Peaky Blinders têm uma "batina" na mira. Padre Hughes se alerta quanto aos planos para seu assassinato e ataca os Shelby antes que eles tenham chance de atacar. Tommy é hospitalizado depois de sofrer uma agressão brutal nas mãos de capangas do padre. E depois Padre Hughes sequestra Charles com a meta de obrigar o próprio Tommy a explodir o trem.

"A cena da confissão é o cerne do personagem de Polly", diz Mielants. "Vemos seu lado mais profundo. Foi ali que eu senti o talento genuíno de Helen. Para um diretor, foi como se alguém me entregasse as chaves de um belo carro – aquele que faz o que você quiser. Conforme ela revela tudo ao Padre Hughes, vemos que Polly se enfiou em uma prisão da qual nunca vai conseguir sair."

"Helen entende muito bem o sistema de classes inglês. Ela tem plena ciência de que existe e, como sou estrangeiro, ela me explicou como funcionava e como sair do mundo em que você nasceu é dificílimo. Consegui me identificar porque meus pais têm origens de classe operária na Antuérpia. Eles estudaram e tentaram chegar mais longe. Usamos esta ideia juntos em todas as cenas."

Até o caso amoroso de Polly com o artista Ruben Oliver – que pinta um retrato dela – azeda de maneira brusca quando Tommy revela que o plano dos Peaky Blinders de roubar os russos foi desbaratado. Tommy acusa Oliver de traição e, em fúria, Polly destrói seu quadro pintado, confrontando o artista com uma arma contra sua cabeça. (Depois se descobre que o culpado foi Alfie Solomons.) "Com Ruben, Polly tenta ser outra pessoa", diz Mielants. "Uma mulher normal com vida normal e ambições normais. Mas ela descobre que não é normal. Ela é um dos caras."

Conforme a trama do trem atinge o ponto de ebulição, o fechamento da temporada três é tanto emaranhado quanto carregado na adrenalina. Polly não consegue proteger o filho, e Michael, guiado pela vingança, acaba matando o Padre Hughes. Apesar da morte e da transferência segura de Charles para casa, não há tempo de evitar o ataque ao trem – a notícia chega tarde demais. O trem explode e ferroviários inocentes morrem.

A atração dos Peaky Blinders

Quando a gangue se reencontra na mansão Shelby, Tommy entrega vários rolos de dinheiro como pagamento pela missão, criticando sua própria ingenuidade ao tentar encarar o *establishment*. "Aprendi umas coisas nos últimos dias: esses filhos da puta são piores do que a gente", ele brada. "Os políticos, os lordes e as damas, eles são todos piores do que nós e, por mais legítimos que nos tornemos, nunca vão nos aceitar nos palácios por conta de quem somos e de onde viemos."

Quando Arthur e Linda revelam sua intenção de abrir uma mercearia na Califórnia, o clima azeda ainda mais. "Pode ir, mas você não vai longe, Arthur", diz Tommy. "Eu falei com o (sargento) Moss ontem à noite. Ele me disse que o Chefe de Polícia de Birmingham emitiu um mandado de prisão pra você: por homicídio,

traição e conspiração para explodir o trem."

"Eles também vêm te pegar, John: por homicídio, traição e conspiração para explodir o trem. Michael, pelo homicídio de Hughes. Polly, pelo homicídio do major Campbell. As pessoas que traímos na noite passada… elas controlam a polícia, elas controlam os juízes, elas controlam as cadeias. Mas elas não controlam o governo eleito. Me ouçam! Fiz um acordo em troca de provas. Está tudo resolvido."

Os policiais batem nas portas da mansão. A família Shelby está rumo ao cadafalso e o futuro de todos está em jogo. Apesar do empenho de um líder prejudicado em termos emocionais e físicos, fugir da própria classe e da criminalidade provou-se impossível.

"A pergunta do seriado como um todo é: *Você tem como fugir?*", diz Steven Knight. "*Na Inglaterra, você tem como fugir das suas raízes?* Ada é a primeira a tentar a fuga, na temporada um, mas é puxada de volta. Arthur tenta na temporada três e também é puxado de volta. Polly tenta e é puxada de volta. Tommy é o centro da órbita e os outros são constantemente arrastados de volta."

"Na temporada três, no final do discurso, Tommy diz: *vocês nunca serão aceitos*. E é verdade. Na trama, mais tarde, ele recebe o título de O.B.E., mas isso não quer dizer nada. Na temporada três, Tommy decide que não está nem aí. Ele pensa: *O establishment é pior do que a gente e precisamos tocar a vida…*"

Para Mielants, a cena final foi uma experiência que fechou vários meses de trabalho intenso. "Eu fiquei pensando: 'OK, é aqui que tudo se congrega.'" Enquanto produção e elenco liam o roteiro, Helen McCrory sugeriu que a família devia aceitar o plano de Arthur emigrar. "Foi um grande acréscimo", diz Mielants. "Funcionou quase imediatamente – foi muito estranho. Eu lembro de Cillian sentado do meu lado dizendo: '*Porra.*

Está dando certo…' Às vezes você precisa dar sorte e nós demos sorte."

"Eu trabalhei tanto, quase o ano inteiro, o tempo todo, e era puro *Peaky*. Eu não tinha mais nada rolando na minha vida. Eu fui a fundo. Foi uma experiência linda e foi lindo com o público. É o que me deixa feliz."

Superstições

STEVEN KNIGHT: As superstições e a magia sempre tiveram seu espaço em *Peaky Blinders*. Desde a primeira cena da temporada um, quando Tommy paga a uma adivinha chinesa para soprar um pó vermelho "mágico" no seu cavalo, Monaghan Boy, enquanto ele cavalga pelas ruas de Small Heath. O feitiço supostamente abençoa o animal, que depois vai correr em Kempton Park.

Na temporada três, Tommy usa a superstição para apaziguar seu luto pela morte de Grace nas mãos dos Changretta na festa beneficente. Antes do assassinato dela, ele recebe uma safira de pagamento pelo assassinato do espião russo Anton Kaledin (Richad Brake), safira que depois ele dá a Grace. Após o atentado, Tommy passa a crer que a pedra é amaldiçoada. Ele visita a cigana Bethany Boswell (Frances Tomelty) para confirmar.

Aqui, Tommy está usando superstições por um motivo bastante prático. Ele diz: "A morte de Grace não é culpa minha. Me diga que a morte dela não é culpa minha e que isso tem uma maldição para eu me sentir melhor." É uma abordagem lógica e prática da superstição. A frase que me mais me agradou é quando Tommy diz: "Toda religião é uma resposta imbecil a uma pergunta imbecil." Eu acho que o que o enredo nos apresenta são ideias aprofundadas sobre religião e cultura.

Eu me interesso pela cultura cigana, em que existem muitas superstições e crença em espíritos, mas também maneiras de prever o futuro. O velho método circense de trabalhar com superstição era uma maneira de ganhar dinheiro com vigarice, mas também havia a crença no que se consideraria a verdade. Aprendi boa parte dessa fé com a minha mãe, que era muito supersticiosa. A ideia subjacente a esse tema é que Tommy é um homem mais pragmático, mas que também acredita em superstições. Ele acha que é coisa com que não se brinca.

Era uma ideia muito comum entre quem lidava com cavalos. Meu pai e meu irmão – que ainda é ferreiro – seguiram o ofício e sabem falar com cavalos; os cavalos se comunicam com eles, eu não sei como acontece. Também existia a ideia na minha família de que sonhos sugeriam o futuro. Minha mãe acreditava muito. Também havia muito folclore em relação às propriedades de certos objetos, os bons e os ruins. Às vezes meu pai encontrava "coisas antes de se perderem", mas minha mãe não o deixou trazer umas coisas para casa porque considerava azar.

Eu pesquisei os elementos supersticiosos do seriado nas minhas próprias origens. Eu não confio em livros para encontrar informações sobre a cultura cigana. Não são precisos. As ideias que usei vinham um pouquinho daqui e um pouquinho dali do que eu juntei quando era criança; as coisas que você pode e que não pode fazer; a ideia da sorte e o que se pode fazer para ter boa sorte e evitar o azar. Ainda sou muito supersticioso. Tem certas plumas que eu não teria na casa e outras que eu teria.

Seguimos com o tema da superstição na temporada cinco. Uma cigana derrama uma gota de sangue numa tigela d'água. Quando ela a toca, o sangue ondula e a pessoa pode ver o futuro. Era uma prática de verdade chamada "escriação". É um negócio fascinante,

visualmente ótimo. Contribui muito para o visual da série.

A greve feminina

TIM MIELANTS: Nesta cena, eu fiz as integrantes femininas da família Shelby descerem a rua, e estava pensando em *Os Eleitos: onde o futuro começa*, o filme sobre o programa Mercury, quando os astronautas caminham lado a lado com o lançamento do foguete. Eu queria que uma andasse ao lado da outra e fazê-las terem empáfia enquanto andavam. Foi assim que tentamos fazer, mas queríamos adicionar a empolação. Foi um limite tênue, porque eu não queria risadas, eu queria que passasse uma sensação de *"Que maneiro."*

A música era muito importante porque era a primeira vez que íamos usar a empáfia feminina no seriado. E as atrizes se divertiram. Os óculos de Helen eram incríveis, mas foi muito difícil eu escolher onde colocar Polly na fila. De início, eu coloquei Polly no meio, só que não funcionou bem. Então tive a ideia de colocá-la no lado direito. Lembrei de uma teoria política de que, como lemos da esquerda para a direita, a pessoa mais forte deveria ficar na direita porque é o fim da frase. É ali que você para. Eu não sei se isso é verdade, mas funcionou muito bem.

STEVEN KNIGHT: Jessie Eden foi uma pessoa que existiu. Ela aparece menos na temporada cinco, mas volta com tudo. Ela foi baseada numa mulher de seus vinte e poucos anos, que trabalhava na fábrica Lucas's na Birmingham dos anos 1920. Ela fez todas as mulheres entrarem em greve na fábrica, que produzia maquinário elétrico. É a esta disputa trabalhista que me refiro quando Lizzie e Polly entram em greve na temporada três.

Jessie Eden foi morar na Rússia e voltou, organizando greves de aluguel e outros protestos sociais nos anos 1960. Eu queria incluir Jessie porque, depois de ler a respeito, eu a entendi como o inverso de Tommy. Sempre tive em mente que Tommy acabaria redimido, genuinamente redimido. Todas as coisas que ele armou, como beneficências e fundações, ele faz por um motivo superficial, mas elas acabam virando legítimas.

Ao fim da trama de *Peaky Blinders*, Tommy vai se tornar um homem de bem genuíno e Jessie Eden faz parte dessa mudança. Tommy a usa na temporada quatro e deixa de ser genuíno. Mas, conforme entramos na temporada cinco e ele confronta o fascismo, ele pensa: "Bom, talvez isso seja uma virtude." Jessie Eden representa essa virtude. Quando fizemos o lançamento da temporada quatro, o filho adotivo de Jessie Eden e a esposa dele vieram assistir. Demos sorte: eles adoraram o seriado, adoraram a representação dela e acharam tudo fantástico.

Parte Quatro

Ternos Sob Medida

Brilhantina e navalhas: inventando a moda de *Peaky Blinders*.

Como Surgiu o Visual de *Peaky Blinders*

Em 2018, quando Paul Anderson, o ator responsável por dar forma física e implacável a Arthur Shelby em *Peaky Blinders*, foi a uma festa de Dia das Bruxas, ele foi recepcionado por uma cena incomum. Vestido tal como o retrato hollywoodiano do famoso personagem do Homem Invisível, de H. G. Wells, Anderson ficou surpreso em ver vários convidados vestindo boinas, ternos sob medida e botas grossas. Cada traje era arrematado por um bigode grosso. É evidente que o visual daquele ano era o personagem imortalizado nas telas pelo próprio Anderson desde 2013.

"Eles nem me notaram", ele diz. "Eu estava enrolado em ataduras, com terno e um chapéu de feltro. Aí passei por dois coroas vestidos de Arthur e falei: 'Você veio de que, meu chapa?' Um deles respondeu: 'Você não sabe quem é? Eu sou o Arthur Shelby, porra! *Por ordem dos Peaky Blinders!*' Quando eu fui contar, tinha seis iguais no recinto. Tinha uns terríveis."

Este é o impacto assustador da construção complexa e da pesquisa refinada por trás da indumentária de *Peaky Blinders*. Seis anos depois da estreia, a influência do seriado na moda contemporânea é inegável – sobretudo no vestuário masculino. Cabeleireiros oferecem o "Corte Peaky". Lojistas da *high street* decoram as vitrines com manequins trajando calças afuniladas, camisas de colarinho arredondado, sobrecasacas de *tweed* e botas de couro pesadas e estilosas. A Kent & Curwen, marca de David Beckham, chegou a lançar uma coleção de roupas e boinas da marca "Garrison Tailors" em colaboração oficial com os produtores de *Peaky Blinders*.

Em outros pontos, renomadas bíblias da moda já passaram cinco anos montando guias sobre a melhor maneira de captar o "visual *Peaky Blinders* supremo". E conforme os vestidos e penteados de personagens como Polly Gray e Ada Thorne ficam mais elegantes – conforme a família Peaky Blinders cresce em termos de poder e fortuna nas telas – os blogs de moda detalham a criatividade nos bastidores que gera seu visual opulento. Detalhes sobre tecidos bordados com linhas de seda e metal, enfeitados com

continhas de cristal e Miyuki, tornaram-se o foco de textos na internet.

Muitos elementos da moda de *Peaky Blinders* têm raízes históricas. Quando Steven Knight armou os planos para escrever um drama à moda do *western* baseado na Birmingham dos anos 1920, ele queria que seus personagens tivessem uma pose exuberante. Uma das maneiras de garantir este clima era armar os protagonistas com roupas de luxo e cortes de cabelo marcantes. "Alguém falou de *Os Intocáveis*, o filme de Brian de Palma", conta o produtor executivo Jamie Glazebrook, "e que aquele filme se passava nos anos 1920 ou 30, mas as roupas que eles usaram na tela eram muito anos 1980. Sempre houve a intenção de que *Peaky Blinders* não fosse tão 'datado'."

O figurino finalizado, contudo, foi muito mais do que uma elucubração contemporânea. "Naquela época as pessoas tinham uma beca fantástica", diz Steven Knight. "Os gângsteres gastavam toda a grana em roupa. A era dos Peaky Blinders tinha tudo a ver com um visual mais antigo, que os homens se vestissem mais como homens do que moleques. Você ganhava o primeiro terno aos quinze anos e torcia para que ele durasse uns dez."

Os ternos tais como os que Cillian Murphy veste foram desenhados pelo alfaiate Keith Watson, da famosa rua dos alfaiates londrinos Savile Row. "Os meninos adoraram as roupas", diz a figurinista Stephanie Collie, que trabalhou na temporada um. "Eu acho

que você tem noção pelo jeito como eles caminham; eles andam com empáfia." Mas um acréscimo arrepiante ao vestuário dos Peaky Blinders poderia ter incrementado essa pose. Em meio à elegância e aos detalhes da alfaiataria, navalhas foram costuradas às boinas de Anderson, Murphy e Joe Cole. Falava-se inclusive que a gangue real tirou o nome desta moda sanguinária[5].

A sacada, porém, provocou alguma controvérsia. Depois de ser dramatizada na temporada um, a sugestão de gângsteres usando boinas que viram armas sofreu contestações. Knight segue convencido da autenticidade. "Eles usavam navalhas", ele diz. "Há quem diga que naqueles tempos uma pessoa entrava na casa da outra para pedir uma xícara de açúcar, que era tudo bonito e que não existia criminalidade. Essa ideia de que 'Sim, todo mundo ia comprar bala na lojinha da esquina...'"

"Já disseram que os Peaky Blinders nunca usaram navalhas nas boinas. Mas eu sei que

---

[5]. *Blinders*, gíria britânica que significa "elegante" ou "deslumbrante", também pode ser lida com o sentido literal de "cegante" – fazendo referência aos Peaky Blinders usarem suas navalhas contra os olhos dos oponentes. Do mesmo modo, *"peak"* ou *"peaky"* refere-se à aba das boinas. [N. do T.]

minhas tias e tios disseram que *sim*, eles botavam navalhas e fizeram isso em Glasgow. Chegaram a colocar navalhas nas lapelas. Eram costuradas até embaixo – se alguém pegasse um Peaky Blinder pelo casaco, a navalha rasgava a mão do agressor. Os gângsteres atacavam a pessoa com a boina e botavam de volta na cabeça. Em Londres era a mesma coisa: a arma preferida era a navalha."

Conforme a trama avançou e personagens como Tommy embarcaram em negócios cada vez mais legítimos, seus trajes encaixam-se na ideia de que a ambição social cresceu. Os ternos ganharam montagem mais complexa. A pesquisa sobre vestidos, sapatos e acessórios de *Peaky Blinders* centrou-se em filmes de Hollywood produzidos no início do século vinte. "Havia muita experimentação entre as mulheres dos anos vinte", diz Alison McCosh (figurinista das temporadas quatro e cinco). "Acho que captamos isso muito bem no visual de Polly Gray. É importante ouvir os atores e o que eles querem das personagens, assim como cumprir a visão do roteirista. Eu queria que Polly tomasse a dianteira com seus trajes, por isso ela usa muita cor. Fui à Itália e aos Estados Unidos para pesquisar matéria-prima e me apaixonei por peles e rendas complexas para usar nas roupas de Helen."

"Como eles são muito delicados e de época, tivemos que reforçar alguns vestidos, para que pudessem durar toda a filmagem. Mas isso é o que a minha função tem de bonito: preservar os vestidos. Somos comprometidas e amamos nosso trabalho."

Conforme a produção se inicia a cada nova temporada de *Peaky Blinders*, o trabalho no *set* ganha ritmo familiar. Entregam-se os roteiros. Organizam-se as leituras. Mas quando o elenco se reúne para ensaios, uma das rotinas dá foco especial aos papéis: as sessões de cabeleireiro. Os cachos viram floreios ciganos; os cabelos são raspados até uma proximidade preocupante do crânio. Porém, quando o visual característico do seriado veio à tona na temporada um, em 2013 – projetado individualmente pela cabeleireira e maquiadora Laura "Loz" Schiavo –, houve um pequeno período de desgosto. Schiavo lembra inclusive do terror de Joe Cole quando seu cabelo foi raspado até virar quase nada.

"Pobre do Joe Cole", diz Schiavo. "Ele não tinha ideia quando sentou na minha cadeira. Entrou de óculos e cabelos castanhos, saiu com o escalpo e o primeiro 'Corte Peaky'. E ainda tingi o cabelo dele. Todos os rapazes, assim que viram, disseram: *'Ih, caralho.'* Otto falou: 'Ah, isso! *Era disso que eu estava falando.'* Otto havia me dito: 'Quero alguém que não corte o cabelo do jeito normal.' Eu não faço nada normal – eu saio totalmente do riscado, sempre. Como estilista, desde que eu não traga o futuro para isso, eu posso fazer o que eu quiser."

"E eu queria um corte em que, quando os meninos estivessem de boina, só se visse a pele na nuca e nas laterais. Quando eles tiram as boinas, você percebe um cabelo individualizado, de cada um. Também tínhamos um livro chamado *Crooks Like Us* (2009) – de Peter Doyle, sobre criminosos na Sydney dos anos 1920 – que foi uma grande inspiração."

O estranho é que, nos dezoito meses que se seguiram, o cabelo virou um fenômeno de moda do século 21, conhecido entre estilistas como "Corte Peaky". "Era inspirado, em parte, na higiene", diz Cillian Murphy. "O povo que foi para a Primeira Guerra Mundial era infestado de piolhos."

O visual virou um instrumento dramático em momentos de violência. Sem as boinas, trocando socos e passando navalhas, as franjas de Murphy, Anderson e Cole se agitavam com efeito marcante. "Quando eles atacavam com a navalha, o cabelo saltava para a frente", diz Schiavo. "Fizemos uma cena de luta belíssima no acampamento cigano da temporada um e ficou genial." Depois outros personagens ganharam um estilo com mais nuances, ela explica. "O cabelo de Tommy Shelby sempre foi austero, mas ficou mais elegante e afinado conforme seus negócios passaram para o outro lado da lei. Eu também gosto de mexer no corte dos meninos a cada temporada, de misturar as coisas. O último acréscimo

à gangue Peaky Blinders, Michael Gray, foi apresentado de um jeito que o situou nas periferias da vida mafiosa."

"Falei disso com o diretor e com Cillian e concluímos que Michael não é um Peaky de verdade. Ele tem essa ideia subjacente de que *gostaria* de ser um Peaky, mas ele não é. Então deixamos seu cabelo muito curto e elegante; um típico corte dos anos 1920. Era nosso esquema: Michael torna-se o contador, não é ele que sai para matar. Ele não é o gângster. Por isso que ele não tomou esse rumo. Mas eu o ameacei com isso, no entanto."

No caso do elenco feminino, os penteados evoluíram conforme a moda e as circunstâncias. Lizzie Stark passou de prostituta de meio período a figura consagrada na família Shelby. "O cabelo dela tem que estar sempre arrumado, com decoro. Eu lhe dei aquele repartido de um lado. E o cabelo dela era muito mais chique." A mudança de Ada, de Birmingham para os Estados Unidos, lhe dá um visual que era mais tendência na época. "As moças Peaky têm muito dinheiro e as mulheres Garrison são mais das ruas", diz Schiavo. "Elas não são de berço endinheirado, então você tem que mostrar as diferenças de classe entre as moças Peaky e as moças Garrison. O cabelo muda muito a personagem. Ada vai para os Estados Unidos, volta e ela tem que ser gata."

A progressão de Polly Gray, de totem do gangsterismo a mãe vulnerável à beira da loucura foi retratada com vários estilos: de início, líder cigana; depois ela passou a um visual que lembrava várias heroínas das telonas de

Hollywood dos anos 1920. "Na temporada quatro, Polly fica meio doida", diz Schiavo. "Quando ela sai da prisão, logo no começo, ela está com o penteado do ano anterior. Depois a vemos em casa. O tempo passou e seu cabelo cresceu. Na sua cabeça, ela está pensando: 'eu não tô nem aí para nada'. Ela nem dá bola para ser Peaky Blinder, por isso deixa o cabelo crescer. De repente ela sai dessa e pensa: 'Tá certo, eu quero ser Peaky.' Foi quando decidimos deixá-la com cabelo curto. Eu lhe dei uma peruca e fiz um corte mais curto na temporada quatro. Na temporada cinco, ela está com o cabelo comprido, mais cacheado e mais sensual. É uma peruca, de novo."

"Eu vejo a personalidade dos atores mudar quando eles cortam o cabelo. Eles viram o personagem. Eles mudam bastante. Cillian, sobretudo, muda toda a forma do rosto. É sensacional; é transformador. No instante em que ele corta o cabelo, Cillian é o Tommy. Paul é o Arthur. E isso os prepara para ser totalmente diferentes."

Helen McCrory e o estilo de Polly Gray

Otto Bathurst, o diretor da temporada um, veio na minha casa e disse: "Então tá, é por isso que você tem que estar em *Peaky Blinders*..." E ele era muito exato quanto ao visual de cada um. Ele é um dândi. Otto usa roupas e chapéus lindos. Ele é extraordinário ao se vestir, então foi muito preciso em todos os trajes.

Eu sabia que Polly era muito contida como personagem; ela é uma mola contraída. Com isso eu quero dizer que leva muito tempo para Polly entender quando pode se sentir segura – e ela nunca se sente. Ela é um gato de beco. Ela está sempre a postos. Você fica

com a sensação de que, em quinze minutos, Polly podia fazer as malas e fugir do país. É isso que eu quero dizer com mola contraída.

Para botar essa ideia na tela eu falei: "Todas as minhas roupas: eu quero que sejam saias armadas. Quero que meu espartilho, de cima a baixo, seja bem apertado. Quero echarpes. Quero chapéus. Quero luvas que sejam um número abaixo do tamanho das minhas mãos. Quero que meus sapatos tenham botõezinhos até os joelhos. Tudo tem que ser contraído. *Ela* tem que ser contraída…"

Otto foi demais porque ele entendeu exatamente o que eu fazia e incentivava toda minha exatidão. Alguns diretores não dão bola para o que a atriz veste. Eles ficam mais atentos a outros aspectos. Mas Otto entendia o visual de Polly. A primeira cena que eu fiz foi a que eu caminhava pelas ruas de Garrison Lane e encontrava Jack, dava um tapa na cabeça dele e rosnava: *"Vê se toma jeito, seu porco indigente!"* Passamos quarenta minutos gravando aquela cena, primeiro com granizo, depois com chuva. Meu casacão ficou tão pesado que fazia barulho de água quando entrei no *set*.

Eu queria que Polly fosse contraída porque quando perguntei pela primeira vez a Steven quem ela era, ele respondeu: "Bom, Tommy Shelby é o homem que vai cuidar da gangue. Mas por trás de todo homem haverá uma mulher. É aí que entra a Polly." Eu sabia que ela tinha que ser durona, principalmente se fosse mandar nos homens e eles fossem obedecer.

Mas não são só as características físicas que Polly tem quando está dando pistoladas na nuca dos outros. Também é sabedoria e aquela qualidade de cigana. Steven lhe deu uma sensibilidade – não intuição – que é muito familiar a várias mulheres. As que

costumam dizer "acabei de sentir" ou "eu já sabia." Polly também é espirituosa. Ela dá uma chicotada na bunda e solta uma gracinha ou uma depreciação. Eu costumo andar sempre com uma arminha nas cenas. Não dá pra ver, fica na meia-calça e na liga. Mesmo que eu nunca use, eu ainda visto por que você caminha diferente quando tem uma arma presa na coxa.

Polly pode definir o clima da cena pelo jeito como ajusta o grampo do cabelo. Agora que ela subiu no mundo em termos financeiros, ela tem um grampo enfiado numa pele de raposa, que ela usa por cima dos ombros. Mas o que é mais divertido é a criatividade em tudo. Esses detalhes de figurino não estão no roteiro. É uma decisão que eu mesma tomei junto à figurinista. Alison McCosh (temporadas quatro e cinco) é a figurinista de maior talento com quem eu já trabalhei. Ela procura as roupas da Polly no mundo inteiro: museus, coleções. Antes de começarmos a filmar, as atrizes recebem fotografias de quinze opções de traje, todos com chapéus, luvas e sapatos combinando. Vai ser o que nós gostarmos. Ela é uma artista. E quando eu estou sendo vestida por Loz Schiavo, ela deixa o cabelo da Polly crespo, como seria na época. É divertido passar vaselina nas pálpebras, o kajal em volta dos olhos. É um visual bem diferente de como as mulheres usam maquiagem hoje em dia. Fica autêntico e encardido.

É disso que eu gosto em *Peaky*. Eu gosto porque é um seriado encardido.

Os penteados são sensacionais. As mulheres deviam reclamar do visual quando estão no *set*, mas houve poucas queixas. E assim que os homens perceberam, depois de três anos, que todo mundo em Hoxton Square estava bebericando seu *mochaccino* com o mesmo corte Peaky Blinder, eles se deram conta que não era de todo mau.

Eu penso muito nos detalhes dos trajes de Polly. Tem uns costureiros de Londres especializados em figurino, chamados Cosprop, e é lá que eu passo antes de qualquer serviço. Eu basicamente ando pelo lugar inteiro e encontro o que eu preciso. Foi lá que eu achei os broches dos chapéus de Polly. Achei as chaves que ela usa na volta da cintura; achei Bíblias, achei rosários. Antes da segunda temporada, quando Polly descobre que a filha morreu, fui a um mercado público e comprei dois lindos bebês de madeira entalhada. Deixei no fecho em volta do meu cinto na temporada inteira. Vocês nunca viram, mas estavam ali.

Tem tanta invenção em *Peaky Blinders*. É muito divertido.

O visual *Peaky Blinders,* segundo o elenco

FINN COLE: É o cabelo que faz eu entrar no personagem. Eu começo a me sentir diferente assim que cortam. Eu sei que estou de outro jeito. E o estilo que Loz criou, pra mim, é o que dá significado a *Peaky Blinders*. Embora eu não tenha o corte completo, foi o cabelo que completou o visual: muito asseado, com muita brilhantina e puxado para trás. O mais louco é que tem gente nas ruas usando esse corte. Virou popular.

PAUL ANDERSON: Eu nunca gostei. Eu odiava, na real. Eu sempre questionava o porquê. Foi ideia de Otto Bathurst, que merece o crédito, e de Steven Knight. Quando você vai ler a respeito dos Peaky Blinders, só encontra uma página no Google e os trajes parecem horríveis. Eles vestiam calças folgadas, boca de sino, botas com taxas. Nós mudamos e transformamos em trajes sob medida, de alfaiataria e cortes de cabelo finos. Mas eram cortes que existiam nos anos vinte.

O cabelo ficou bom, mas usar esse corte de verdade, usar no meu cotidiano, foi diferente no começo. Eu não me importava no *set*, mas, quando voltei a Londres e caminhei pelo West End com aquele cabelo, eu me senti muito na modinha. Mesmo que eu conseguisse dar porte ao visual – e acho que eu me visto bem – não estou tão avançado em termos de moda, ou do que está em voga.

CILLIAN MURPHY: Acho que o visual era muito comum não só na Grã-Bretanha, mas também nos Estados Unidos. Para esses rapazes de classe operária, qualquer grana que eles tiravam ia para o alfaiate, para dar um trato no visual. Era o único jeito de encontrar glamur na vida de bosta que eles levavam. Pegamos aquele visual e reforçamos, intensificamos. Os cortes eram coisa de se rir – eu saía caminhando e as pessoas me paravam na rua, riam de mim. Agora todo mundo usa e pede, por vontade própria, um corte à la *Peaky Blinders*.

Temos a oportunidade de usar ternos sob medida, lindos. Qualquer homem que teve o prazer de usar um terno sob medida e não um comprado direto das araras sabe a diferença; é como vestir uma luva. Quando esse glamur e a alfaiataria se justapõem ao encardido da Birmingham industrial, fica demais. A silhueta da boina e do casacão e do terno sob medida fica sensacional assim que se veste.

A Princesa Fera

Sophie Rundle fala de Ada Thorne.

Quando Steven Knight me descreveu a personagem de Ada Thorne pela primeira vez, ele disse: "Ela tem que ser uma fera. Ela é a única menina na família Shelby. Tia Polly é a matriarca, mas Ada é a única menina e ela é tão inteligente quanto Tommy e tão destemida quanto os outros Shelby. Ela tem outras metas na vida e tem um jeito diferente de pensar em boa parte do tempo. Mas é uma Shelby de puro sangue, queira ou não."

Eu amei. Nunca tinham me dito que uma personagem era uma fera quando era criança, ainda mais uma personagem feminina. Tem um lado mais suave em Ada, e eu vi uma coisa linda no Instagram: quando alguém a descreveu como "A Princesa de

Birmingham". Eu sempre gostei da ideia de que os Shelby eram a família real da cidade, mas eles são mais *rock'n'roll*. Eu sempre me pergunto como Ada vai ser quando for avó. Imagine só: Vovó e as histórias que ela ia contar da vida de gângster nos anos 1920, com os irmãos selvagens fora da lei.

A ideia da força de Ada foi resumida no final da temporada um. Os Peaky Blinders vão bater de frente com a gangue de Billy Kimber num confronto estilo faroeste, mas Ada se mete entre os dois grupos em guerra, com o filho Karl no carrinho, e manda as duas gangues baixarem as armas. Foi uma loucura! A equipe me contou os planos para a cena e como eu era nova fiquei muito nervosa. "Ah, não", pensei. "Vou ter que dar discurso na frente de todo o elenco…" Mas foi uma imagem genial: Ada, empurrando o carrinho por uma massa de gângsteres armados, se metendo no meio do tiroteio. Ela não se altera porque cresceu com esse tipo de coisa. Aquilo não lhe dá medo. É raro você interpretar uma mulher assim nesse rolê. Adoro o Steven por ter me dado essa chance.

Mas todas as mulheres são fortes na história do Steven. Eu acho que isso é uma coisa que o público adora em *Peaky Blinders*: quem vem de qualquer família vai identificar, com certa frequência, que quem manda são as mulheres. Ou que as mulheres podem meter tanto medo quanto os homens. Foi nisso que o Steven se agarrou. Claro que temos personagens como Tommy e Arthur. Todo mundo é um caubói de arma na mão. Mas as mulheres são duronas e acho que isso as deixa mais empolgantes.

Eu amo Ada pela jornada sensacional que ela teve. Eu cresci com o seriado e cresci com ela. É certo que ela cumpriu os anos de adolescente rebelde. Na temporada um ela casa-se com o comunista e agitador sindical Freddie Thorne. Ela sabe que vai emputecer o irmão, o Tommy. Com essa energia de fera que ela tem por ser uma Shelby, Ada não faz nada pela metade.

A família vive escondendo o que sente. Acho que são gente emotiva, e por isso amamos todos. Eles não são só monstros de coração frio.

Somos uma família muito próxima – ao alcance de um soco.

Ada Thorne

Mais à frente Ada vai se meter com política. Ela anda pelas casas se rebelando contra tudo e aí volta à turma Shelby durante a temporada quatro. Eu amo o fato de que ela não tem medo da família. Ela que diz: *"Não me interessa se vocês são os Peaky Blinders, vocês vão se catar!"* Aí ela se dá conta que não tem como você fugir das origens, assim como muitos personagens da história. Os Shelby e o passado deles sempre farão parte dela, então talvez seja melhor se dobrar, aceitar os costumes deles e aceitar sua realidade. Ao longo de tudo, Ada fica com sua gente, ela fica com sua tribo.

Essa é a jornada dela desde o início. Eu ainda não acredito que consegui esse emprego.

Foi um dos meus primeiros papéis assim que saí do curso de teatro. Eu não tinha noção, mas acho que isso ajudou porque, quando eu reassisto à fita, os diretores de *casting* falaram algo tipo: *Pode gravar com o papel que quiser. Qualquer dos papéis femininos...* É óbvio que fui em Ada, porque ela é a mais legal do mundo. Gravei a fita e fui com tudo.

Acho que eu tinha um cabelo mais desalinhado na época. Estava tingido. Eu tinha acabado de sair da faculdade de teatro e não tinha dinheiro, por ser estudante, e me arrumei sozinha. No início eu queria um tom mais glamuroso de castanho escuro, mas ficou preto, então eu apareci no teste com cabelo negro puro. Fiquei ridícula. Eu pensei que ia ser *rock'n'roll* e descolada, mas foi absurdo. Ainda assim deu certo para Ada, especialmente na temporada um, porque ela é muito *rock star*.

Lembro de quando estávamos fazendo a temporada um; eu era muito nova. Todo mundo à minha volta dizia: "Nossa, acho que *Peaky Blinders* vai ser muito especial porque é muito *diferente*..." Eu supus que todos os empregos eram assim. Eu achei que sempre seria assim, em tudo que eu fazia. Só agora que eu vejo como aquela primeira temporada foi excepcional.

Imagine conhecer Helen McCrory no primeiro emprego. Eu achei genial. Ela já era uma das minhas heroínas, aí eu entrei

Ora! Eu também sou Shelby, sabiam? Bota meu filme de volta, caralho!

Ada Thorne

no seriado e ela pegou o papel de Polly Gray e mandou ver. Acho que é por causa de gente como Cillian Murphy, Paul Anderson e Helen que o seriado é o que é. Assistimos a essa gente no *set* e amamos, mas as ideias que eles botam nas performances e as coisas que eles despacham que não estão no roteiro: isso que é criativo e que é doido em *Peaky Blinders.*

Mas o seriado é *absolutamente doido.* Ele tem uma noção feroz da própria identidade por conta de gente como Cillian e Helen e Paul, e todo mundo chega para todas as temporadas com o mesmo entusiasmo. Helen é destemida, o que é algo intrínseco a Polly, mas ela também tem esse lado muito indefeso, e por isso amamos a Polly. Paul tem medo de Arthur, mas no fundo ele é um ursinho de pelúcia. É por isso que amamos todos os personagens. Todos têm um lado humano. Todos estão tentando se achar na vida e seus conflitos são viscerais.

A maternidade faz Ada mudar de forma drástica. Ela fica mais protetora. Ela cresce. Quando nós a conhecemos na temporada um, ela é uma gângster pivete, mas o nascimento de Karl a faz mudar tal como a maternidade muda qualquer mulher. Além disso, a morte de Freddie tem um impacto gigante. Ela sente o luto pesando e retira-se da família quando se muda para Londres – o que é um grande passo. Ada é uma mãe solteira jovem, situação que força a pessoa a se adaptar depressa.

Ada não é diferente e fica mais forte. Ela amadurece quando vira mãe e depois de enxergar por trás da cortina, de ver o que Tommy e Polly estão fazendo para manter a família Shelby unida, o que fazem para proteger a família. Ela ganha uma compreensão mais apurada desses desafios, e por conta disso seu laço com Polly fica ainda mais forte.

Os relacionamentos de Ada com os irmãos são igualmente interessantes. Ela ama Arthur até a medula; ela acha que ele é completamente insano. Ada e Arthur são gente totalmente diferente, mas eles se amam e seus mundos não entram tanto em choque. No caso de Tommy, é diferente. Ele se mete com política e com os altos escalões da sociedade, que são os mundos em que Ada sempre quis se meter, então é natural que haja uma conexão entre eles nesse ponto. Tommy é o ponto fraco de Ada; assim como o resto da família é. E é por isso que Ada sempre volta a eles no avançar da história. O que ela quer no início é se afastar completamente e fugir do passado. Na temporada dois ela quer entrar para a sociedade de Bloomsbury em Londres porque ela é muito esperta – ela saca de filosofia, arte e política. Ela lê muito.

Em outras circunstâncias, ela faria universidade e seria uma presidente fodona de uma empresa poderosa. Mas ela não pode rejeitar a família por muito tempo porque ela os ama demais – seria mais fácil para ela se odiasse, mas seu amor é o que a faz voltar no fim das contas. Ela nunca conseguiria trair a família. Ela sempre estará do lado deles, mesmo que às vezes sua vida fique mais difícil, tipo quando a gangue Sabini vem para cima dela em Londres porque Tommy andou fazendo o que não devia. No fim ela toma a decisão de agregar as atividades de Tommy, mesmo que não goste do que ele faz. Ada dá de ombros e decide que vai tirar uns lindos casacos de pele dos espólios do gangsterismo.

Agora eu recebo pela empresa, Pol, então eu tenho que falar com as pessoas.

Ada Thorne

Mais à frente na trama, Ada envolve-se ainda mais com a política. Ao fazer isso ela tem chance de provocar mudanças e muitas de suas frustrações acontecem porque ela é tão esperta quanto Tommy. Ela é uma Shelby muito inteligente, mas não tem nada que ela possa fazer dentro do negócio da família com essa inteligência. O caso é que, na política, neste intervalo entre as duas guerras, acontece uma turbulência. Começa um longo período de inquietação social, econômica e política e as pessoas precisam de mudanças.

A guerra é devastadora para todos; as pessoas foram dizimadas. A sociedade foi derrubada e é o princípio do fim do sistema de classes. Eu acredito que a política oferece a gente como Tommy e Ada uma chance de botar as mãos no país e provocar mudanças. As pessoas trocam de classes. A mobilidade social ascendente é a novidade. Se você tivesse nascido na classe baixa, você passava a vida inteira ali. A Primeira Guerra

Mundial é o fim da vida que aquela sociedade conheceu e a política oferece às pessoas a chance de se conceder uma nova vida. Para Ada, sua família abriu caminho na selva a machetadas e exigiu uma mudança de *status* por meio dos negócios. A política é o próximo passo natural para essa família – o que vemos no final da temporada quatro.

Gângsteres tornam-se políticos, políticos tornam-se gângsteres. Foi genial fazer parte deste enredo e eu achei o ângulo político muito empolgante. Toda atriz pode se sentir frustrada quando seu enredo fica focado em um romance ou em sua personagem ganhar um vestido bonito. Mas Ada é uma personagem culta, articulada e ligada. Ela consegue desafiar alguém poderoso e temível como Tommy com suas posições políticas. Eventualmente isso tem efeito sobre ele e faz Tommy relutar diante da moral do que anda fazendo.

Ada oferece isso em termos narrativos, de uma maneira que nenhum outro personagem consegue. Tommy não consegue fugir da crise de consciência quando sua irmã está enfiando moral goela abaixo. Se fosse com outra pessoa – um personagem externo, digamos – ele teria facilidade em dispensar a pessoa. Ele podia largar de mão. Mas ele não consegue quando é a própria família, quando é alguém como Polly ou Ada. Não existe muita gente que não teria medo de Tommy Shelby, mas Ada não tem medo algum.

Peaky Blinders capta muito bem a dinâmica entre irmão e irmã. E estas conversas de irmãos podem ficar engraçadas, porque irmãos e irmãs às vezes se odeiam. A realidade é que eles se amam e um morreria pelo outro, mas é muito divertido quando se vê as interações voláteis entre Ada e Tommy. Eu conversei com Steven sobre a relação entre irmãos; o que irmãos e irmãs fazem um para o outro quando são crianças. Meu irmão e eu tentamos matar um ao outro várias vezes, mas existe amor e lealdade profundas ali. No fim das contas podemos esganar nossa família até ficarmos roxos, mas se alguém de fora tentar, essa pessoa vai morrer.

Voltei por amor. E por bom senso.

Ada Thorne

Eu espero que a história de Ada termine com ela no poder de alguma maneira, porque ela quer coordenar as coisas sem a violência, o sangue e a sujeira que os Shelby empregam nos negócios. Ela quer que a família seja legítima de alguma maneira. Eu quero que ela encontre *status* – em termos econômicos e culturais. Eu quero que a inteligência dela seja aceita. Mas espero que ela fique com a família. Ada é minha predileta e, embora seja da nova escola de administração que chega em *Peaky Blinders*, ela é eternamente do "time Tommy". Mesmo que odeie admitir.

Ada sempre vai desafiar Tommy, principalmente se ela não pensar que o jeito dele trabalhar é necessariamente certo. Mas ela também sempre protegerá o irmão e vai cuidar dele. Conforme a história avança, Tommy procura Ada cada vez mais. Em termos de nervosismo, ele se vê perto dela e há uma dinâmica interessante entre os dois que se torna quase materna, de Ada para Tommy.

Eu amo Ada. Ela é fodona. A princesa fera; parte da família real de Birmingham. Eu tento colocar um pouco dela na minha vida porque acho que ninguém ia se meter com Ada. Toda vez que eu me sinto um pouquinho medrosa, eu lembro de Ada e do que ela faria. Até comprei um casaco neste inverno que é muito Ada Thorne. Ele tinha uma gola chique e eu pensei: *Por que não?*

Todo mundo seria melhor se tivesse um pouquinho de Ada.

A Confidente

Natasha O'Keeffe fala de Lizzie Stark.

Tommy Shelby é um homem cuidadoso. Seus inimigos iam adorar saber das manobras que ele usa e dos planos que ele faz. Para sobreviver na sua busca pelo poder, ele se cerca de gente em quem pode confiar sem preocupação. Lizzie é exatamente essa personagem. Eles têm um entendimento entre si: os dois vieram das ruas de Birmingham, onde andavam pelos paralelepípedos de Small Heath com as perninhas tortas e cheias de hematomas, os dois passaram fome, os dois roubaram comida das vendinhas. Lizzie e Tommy eram trombadinhas. É possível que Tommy sempre tenha amado e confiado em Lizzie justamente por isso.

Mais à frente, ele usa Lizzie, tal como usa qualquer pessoa. Conforme ela fica mais velha e o mundo não lhe é nada gentil, Lizzie vira prostituta. Tommy a procura algumas vezes para transar. Mas na temporada um, quando o irmão dele, John, anuncia que vai se casar com Lizzie, Tommy se oferece para transar com ela de novo pelo motivo único de testar a lealdade dela ao irmão mais novo. Lizzie fracassa. Acho que, tal como tantos personagens do seriado, desde o começo ela está tentando subir degraus. Entrar na família Shelby via casamento foi uma das maneiras, mas ela perde a chance na primeira tentativa.

Quando ela se dá conta disso, seu coração se despedaça. Lizzie está na fila do pão no começo da série, lutando para sobreviver, e a prostituição era seu jeito de tirar uma graninha a mais. Quando eu fiquei sabendo da personagem, era para ser um papel menor. Lizzie Stark teria só uma cena com Tommy – o momento infame no carro – e, até onde Steven Knight sabia, era para ser um papel menor. Fiquei surpresa quando, antes do início da produção da temporada dois, recebi um telefonema perguntando se eu gostaria de voltar. Fiquei chocada. "Hã… *Claro!*", eu pensei, e me joguei na oportunidade.

Tal como muitas atrizes fazem, eu escrevi uma história de fundo para minha personagem, que me ajuda a interpretar o papel em termos psicológicos. Nas entrelinhas da relação entre Lizzie e Tommy – o que você não vê no seriado – lê-se que Tommy descobriu que ela sabe guardar segredo; inclusive os dela. Além disso, Lizzie passou por algumas coisas na vida e viu outras que ela preferia não ver mais. Como muitos personagens da série, ela está ansiosa para fugir dessa vida. Ela veio da classe operária de Birmingham, onde já era uma criatura ambiciosa.

Quando a conhecemos, ela quer chegar no auge, e Tommy é seu jeito de chegar lá. Eu acho que havia e ainda existe o desejo de nadar contra a corrente, uma ânsia que fica reforçada quando Lizzie lembra do marasmo em que já viveu. Qualquer coisa é mais glamurosa do que aquilo, em que os homens a tratam muito pior do que Tommy já tratou ou vai tratar. Lizzie

> *Sim, só pode ser seu. Do dia no canal em que você estava trepando com outra na sua cabeça. Só que não foi ela que engravidou.*
>
> Lizzie Stark

Uma vez só, queria que você não me pagasse. Como se fôssemos gente normal.

Lizzie Stark

sabe como a situação pode ficar feia e não quer voltar. Ela é esperta; ela sabe o que faz. Lizzie está sempre no seu elemento e sabe negociar, desde o início.

Eu acho que ajuda ela ser tão apaixonada pelo Tommy, o que vemos já de saída. Ela teve seus momentos na trama em que não está contente com a situação, especialmente na temporada quatro, mas ela é leal e Tommy se aproveita, mesmo que ela odeie o que ele faz. Desde sua apresentação, vemos que ele tem controle sobre ela; ele tem Lizzie na mão. Tommy mantém isso ao longo da trama. Mesmo na temporada cinco, quando eles estão casados e têm filhos, a dinâmica de poder não muda de forma significativa. É certo que ela ficou mais ruidosa na relação e que ele a escuta um pouco mais, mas Lizzie acredita que precisa ser a primeira pessoa a receber as notícias. Ela fica possessa quando isso não acontece. As prioridades dos negócios de Tommy não são com ela.

Antes de eles se casarem, ela é um peão no jogo. Um dos momentos mais pesados para Lizzie e Tommy acontece na temporada dois, no último episódio, quando ele pede a ela para agir como se quisesse transar com o marechal de campo Henry Russell. Tommy quer que o homem fique distraído e tem planos de tomar o território de Darby Sabini no hipódromo de Epsom. Ao mesmo tempo, Tommy foi obrigado pelo major Chester Campbell e pelo governo britânico a assassinar o marechal Russell, mas chega atrasado. Lizzie sofre abuso sexual de Russell e, quando Tommy finalmente chega, ele atira no seu alvo.

No início, Lizzie está tranquila em seguir o plano porque ela não teria que transar com o marechal de campo – embora já seja significativo que ela tope chegar a esse ponto. É o quanto ela está ansiosa para se manter na órbita dos Shelby e de não voltar à vida que já teve. Neste estágio, ela se tornou secretária de Tommy e sua vida está melhorando. Tommy também sabe disso, e é por isso que consegue fazer seu pedido nojento. Até onde interessa a ele, Lizzie não vai deixá-lo, nem vai deixar a empresa. É um belo poder de se ter nas mãos.

O final da temporada dois é o primeiro gostinho do drama incrementado de Lizzie, o que me trouxe um desafio interessante. Fazer aquela cena não foi agradável por conta do contexto brutal, mas foi potente e foi gratificante, e teve impacto. Por quê? Porque tinha um tom pesado no enredo: Lizzie é estuprada, mas também se tem uma revelação sugestiva de até onde ela iria por Tommy. Tem algo de triste em ver como ela está ansiosa para não voltar à vida antiga.

A vida de Lizzie muda em seguida. Assim que ela vira secretária de Tommy, ela fica sabendo de seus assuntos mais pessoais. O papel tem seus desafios. Na temporada quatro, antes do casamento com Tommy e de eles terem o filho, é Natal. Numa cena, há um bate-bola nos diálogos que Tommy e Lizzie sempre jogam. Ela está em cima dele, mas Tommy está falando de uma prostituta que vai levar para a cama. Isso mata Lizzie por dentro, já que ela faz tanta coisa pelo marido. Eu adoro os paralelos que Steven escreve: aquele momento espelha o de quando ela recebe o dinheiro no carro na temporada um, assim como um momento posterior, quando ela é convidada a atrair o marechal de campo. Mas, nestes momentos, quando Tommy lhe entrega o dinheiro, esse é o poder – ele diz: "Estou tirando seu poder."

Lizzie: Seu irmão é dez vezes mais homem que você.

Tommy: Disso eu não tenho dúvida.

Lizzie é muito interessante. Alguns escritores a deixariam bidimensional, quando ela é ou fogo ou desejo para Tommy. Mas Steven a escreveu de um jeito que a deixa muito mais complexa. Como sabemos, relacionamentos têm muito mais camadas do que em *Peaky Blinders*. Às vezes, parece que ela está pensando: *"Que diabos estou fazendo?"* Tenho certeza de que às vezes ela tem vontade de correr para a saída, mas a saída não é exatamente o que ela quer.

Assim que Tommy e Lizzie começam um relacionamento amoroso, parece que é só de fachada. Eles têm um bebê juntos, quando o jeito normal de acertar as coisas naqueles tempos seria casar-se primeiro. Se você estivesse em uma relação normal, a família chegaria depois. Mas Lizzie e Tommy fazem as coisas ao contrário – não há nada de normal nos dois. Ela teve o bebê com ele e depois veio o casamento. Mas o casamento, quando vem, é feito para beneficiar Tommy. Ele é político: ele tem sua função como deputado Shelby, além de ter uma esposa e uma bela garotinha. Para Lizzie, isso também é vencer. *Eles selaram uma aliança.* Mas é tudo fachada. Na temporada cinco, essa questão vem à tona e Tommy acaba tornando-se mais amável e carinhoso.

Eu respeito o desejo de Lizzie de subir na vida. Ela passou de dama da noite a senhora da mansão e parece que nunca desiste. Eu a considero uma pessoa com cérebro. Ela usou a massa cinzenta, a inteligência e a integridade para chegar onde está na trama. E ela tem inteligência emocional. Tem uma mistura em Lizzie que consegue fazer dela uma criatura forte, mas com algo de delicado. Ela também pode ir ao chão de uma hora para outra por ser apaixonada por Tommy. Provavelmente este seja seu maior ponto fraco.

Tommy parece o príncipe encantado de Lizzie. Ela sabe que ele poderia ficar com outras personagens da história. Não consigo imaginar muitos homens que a tratariam tão bem durante a vida; eu acho que ela não sabe como é essa sensação, por isso ela não tem com o que comparar, e sua fraqueza fica à mostra a todo momento. Sempre fui da teoria de que Lizzie passou por uma relação abusiva com o pai. É um pano de fundo que eu criei para mim, mas no geral seus relacionamentos com homens têm sido complicados. Lizzie está lidando dentro das suas possibilidades e isso é digno de elogio.

É nestes momentos em que Tommy tenta pagar a Lizzie que seu lado sensível se destaca: ela lembra do passado que quer esquecer. Temos uma noção disso na temporada dois, quando ele a paga por transar no escritório. Ela comenta que seria gentil se – uma vez só – ele sentisse que não precisava pagar. Lizzie era muito mais nova ali e queria a sensação de amor e respeito de Tommy; ela quer ficar com ele no sentido de ter uma relação, em vez de fazer sexo como uma prostituta. Também acho que isso nos leva de volta à ideia de uma Lizzie com interesses comerciais: existe o amor de que ela necessita, mas acima de tudo ela precisa pensar em ter um amor legítimo e um negócio legítimo em separado, e por isso ela fica tão contente quando ele lhe oferece o papel de secretária da empresa.

Na última cena da temporada três, os Shelby se reúnem como família e Tommy entrega dinheiro a todos, o que ele chama de "Moedinha do Rei". É a recompensa que ele prometeu no início do arco. O dinheiro é para os planos de futuro da família, e alguns deles, como Arthur, vão para a América; outros ficam sabendo da sua próxima jogada. Mas a cena não termina bem para todos. Lizzie reage. Quando Tommy lhe entrega o dinheiro, ele a faz lembrar de quem ela era, *a Lizzie de antes*. Ela joga o

dinheiro de volta, e Tommy a elogia pela fidelidade.

"Lizzie, quero que você saiba que houve noites em que foi você que não deixou meu coração se partir. E ninguém mais."

Embora ela não diga nada durante aquela cena, ela dá várias piruetas em termos emocionais. Aquilo bate fundo. Tem raiva e tem tristeza.

Eu adorei interpretar Lizzie. A diversão está em vestir alguns dos figurinos mais incríveis dos seriados de drama, em especial os que vieram nas últimas temporadas. Eles são um sonho e teve vezes em que eu me senti uma milionária, sobretudo conforme ela ficou mais rica. O visual de Lizzie é muito diferente do que eu usaria. Eu passo a maior parte do tempo de jeans e tênis, então para mim ela é uma transformação. Com o penteado e a maquiagem fica uma coisa assustadora.

Também gosto de interpretar uma *brummie*. Quando eu falo com o sotaque, é outra pessoa que assume. Eu fico mais amigável. Eu paro para conversar com quem for e, se tivesse chance, provavelmente levaria açúcar para meu vizinho no *set*. Eu amo viver no clima da Small Heath e da Birmingham dos anos 1920. Lá eu me senti íntima e virei aquela personagem: *eu sou Lizzie* – lá nos anos vinte, subindo na vida, tentando evitar um passado fictício que sempre vai me assombrar.

É Deus Quem Puxa o Gatilho

A vingança ronda enquanto a família Shelby cogita abandonar a vida de gângsteres.

A Temporada Quatro Vista por Dentro

Paramos em um gancho! Arthur, John, Michael e Polly, sentenciados à morte depois da tramoia política de Tommy Shelby no final da temporada três, estão chegando no cadafalso do executor. Como parte do acordo com Winston Churchill, acredita-se que os quatro – presos por acusações de homicídio, traição e conspiração para explodir um trem – receberão perdão governamental. Depois de dois anos de cadeia, contudo, no dia da execução, o alívio não chegou. Uma pergunta paira sobre a abertura tensa do quarto capítulo de *Peaky Blinders*: será que um ou mais dos personagens principais do seriado vai morrer com toda essa carga dramática?

"Os Peaky Blinders estão em maus lençóis desde o início", diz o diretor da temporada quatro, David Caffrey. "No roteiro, Steven Knight nos deu uma abertura forte, poderosa, impactante. O que você tem como fazer como diretor nessa situação é interessante. Eu sabia que o público compreendia que, se todo aquele pessoal fosse enforcado, o seriado estaria no fim. Mas como você convence de um jeito que poupe os personagens e ainda deixe a história dramática e potente, e todos fiquem arrepiados?"

"Conforme aprendemos com David Chase (roteirista e produtor de *Família Soprano*, o seriado dramático da HBO), todo personagem pode morrer e pode morrer a qualquer momento. Quando você assiste ao final de *Sopranos* – a última cena do último episódio – você sabe que o Tony vai desta pra melhor... não vai? Toda aquela construção com várias pessoas entrando e saindo da lanchonete – matadores em potencial – gera tensão. Aí não acontece nada e a tela escurece. O público que decida. (Ou, por outro lado, eles tinham a opção de continuar em um filme e deixaram ambíguo.)

"No fim das contas, somos dramaturgos. Queremos que o público se choque, para deixar o drama mais forte. Na abertura da temporada quatro de *Peaky Blinders*, acompanhamos o método do diretor Otto Bathurst (temporada um: episódios um, dois e três) e equipe e armamos o máximo de tensão possível nas atuações, na fotografia e no arranjo musical. Tinha uma faixa original, cantada e tocada por nossos geniais compositores Antony Genn e Martin Slattery."

> ## Ouvi dizer que você se veste bem, senhor Shelby. Mas agora vejo que não tão bem quanto eu.
>
> — Luca Changretta

No ultimíssimo instante, com a corda do executor apertando o pescoço, o secretário pessoal do rei emite uma série de indultos. Mas os Peaky Blinders se veem imediatamente diante de outra ameaça mortal: os Changretta, uma família criminosa italiana. Furiosa com os

assassinatos de Vicente e Angel Changretta na temporada três, a Máfia nova-iorquina despachou uma tropa de matadores para cobrar a vingança dos Peaky Blinders. Cada integrante da gangue de Tommy Shelby recebe um cartão de Natal com a marca de uma mão negra – a notificação de *vendetta* mafiosa. "Esses cartões com a mão negra existiram de verdade", diz Caffrey. "Achei que eram um recurso que Steven havia bolado para fins dramáticos, mas vimos vários exemplos de cartões de mão negra da época."

A vingança está no ar

A paranoia de Tommy fica incrementada desde o primeiro episódio. Depois de descobrir que dois membros do seu estafe doméstico são italianos, ele toma ciência do complô para matá-lo no Natal. Assim como em todos os incidentes de violência no palco de *Peaky Blinders*, o passado de Tommy atraiu uma realidade apavorante àqueles que lhe são mais íntimos. "Toda temporada tem um tema relacionado a mexer com sua cabeça", diz Steven Knight ao tratar da temporada quatro. "Na primeira foi o descontrole do pós-guerra, na segunda foi a cocaína e na terceira foi o ópio. Na quarta, é a vingança."

O enredo traz à baila dois indivíduos que assustam pela violência: Tommy Shelby, líder dos Peaky Blinders e homem devastado tanto pela perda da esposa quanto pelo perigo que seu filho Charles correu na temporada três. O outro é Luca Changretta, membro da Máfia nova-iorquina e filho do falecido Vicente, interpretado por Adrien Brody. É Luca quem dá o primeiro golpe.

> **Neste mundo eu não vou ter descanso; quem sabe no próximo.**
>
> – Tommy Shelby

Em um episódio inicial pesado, John Shelby é assassinado pelos atiradores de Changretta, que chegam à casa de sua família atacando com metralhadoras. Michael está ao lado dele quando o assassinato acontece e fica seriamente ferido, mas sobrevive. No episódio dois, quando a rixa toma suas primeiras vítimas do lado dos Changretta, Tommy e

Luca se encontram cara a cara, em uma confrontação na qual o italiano desvela seu plano de assassinar toda a família Peaky Blinder. Sua intenção é que Tommy sobreviva até o amargo fim, para que ele possa sofrer a dor intensa tanto do luto quanto do remorso.

"A temporada quatro é a guerra de gangues total", diz David Caffrey. "Se você é um diretor e consegue gente do nível de Cillian e Adrien, você tem uma tremenda oportunidade. Os dois mostram a que vieram no início daquela cena, o primeiro encontro, com Tommy numa ponta da sala e Adrien na outra. Ficou uma dinâmica fenomenal entre os dois, tanto no roteiro quanto na atuação."

"É a cena em que Luca alinha várias balas para representar qual membro da gangue ele vai matar. Tinha o nome de um Peaky talhado em cada uma. Eu queria que Luca lançasse uma das balas em Cillian. Com CGI, eu conseguia fazer com que ela chegasse a ele uns seis metros depois, com a ponta girando até parar, apontando para Tommy. É praticamente

impossível de filmar de verdade. Eu disse ao Adrien: 'É só você jogar que fazemos o resto na pós-produção...' E aí, na última tomada, Adrien lançou a bala em Cillian, ela rolou por toda a mesa e parou na frente dele, girando até apontar direto para Tommy. Aconteceu de verdade. Daria para tentar um milhão de vezes e não sairia tão perfeito. Foi uma de várias sortes que tivemos na temporada quatro."

Uma ajudinha dos amigos

Com as paredes se fechando sobre os Peaky Blinders, Tommy recruta o apoio de amigos, os Lee. Aberama Gold, um matador cigano que a própria gangue vê como um selvagem, também é convocado como proteção extra. Interpretado por Aidan Gillen, Gold quer ser pago com representação comercial para seu filho, Bonnie (Jack Rowan) – um boxeador potente com carreira promissora nos pesos pesados. Na sua luta seguinte, Bonnie prova o quanto vale, nocauteando o ex-campeão Billy Mills. Os Peaky Blinders imediatamente o alistam, percebendo que terão uma parceria lucrativa.

A introdução de Aberama ao seriado é tão memorável quanto sanguinária: ele apunhala um assassino que se prepara para matar mais um no funeral de John Shelby. Esta introdução sanguinolenta foi proposital, explica Caffrey, estabelecendo a brutalidade do personagem suavizada pelo seu terno estiloso e o chapéu de feltro.

"Achamos que, para contrabalançar sua aparência, ele precisava de uma chegada forte, visceral e violenta. Então, quando ele aparece e mata um dos italianos, conseguimos

essa carga pesada. A mistura dele com o filho, Bonnie, é interessante para o espectador. Bonnie nem pisca quando o pai enfia a faca quarenta vezes no peito de outro. É tudo que o público precisava saber sobre Aberama e Bonnie Gold."

Mais à frente, Aberama ajuda Polly e Michael Gray a fugirem do alcance dos Changretta, e a dupla (que Helen McCrory descreve como "o Rei e a Rainha dos Ciganos") forma uma união formidável. Quando Aberama beija Polly durante um piquenique romântico à beira do rio, ela acrescenta um *frisson* de risco ao lance dos dois ao puxar uma faca e colocar contra a traqueia do homem.

"Foi mais uma dessas cenas em que demos sorte", diz Caffrey. "Tínhamos dois atores geniais, mas ficamos meio travados. Tínhamos que fazer uma cena rápida e a locação perto do rio não era exatamente onde queríamos rodar. Mas conseguimos deixar os dois perto da água com uma fogueira e eles iam cozinhar um bicho que Aberama tinha caçado. Foram os atores que fizeram a cena ser o que é e tiraram tudo da relação entre os dois. Tenho interesse em saber o que farão com esses dois pela frente… Aberama Gold, o matador cigano: *de onde que Steven Knight tira esses nomes?"*

O desmantelar

O desmantelar dos Peaky Blinders, um processo que teve início na temporada três, fica ainda mais complexo. Com a segurança da família sob ameaça, Tommy descaradamente usa o funeral de seu irmão como armadilha para expor os matadores Changretta. Arthur

fica devastado com a morte de John e promete vingar sua morte matando Luca; a esposa de Arthur, Linda, acaba convencendo-o a deixar de lado seu fardo sinistro.

Para Polly, o fardo emocional também é pesado. Depois de fugir da execução penal, ela culpa Tommy por ter chegado perto da morte. Medicando sua angústia mental com álcool e comprimidos em uma situação de colapso psicológico, ela começa a ouvir vozes e tem uma série de visões assombrosas. Para preparar-se para o tumulto na vida de Polly, Helen McCrory recorreu a conselhos do ilusionista norte-americano David Blaine.

"Conversei com ele sobre sessões espíritas, ilusionismo, vozes, esse tipo de coisa", ela diz.

"Ele foi muito receptivo. Nos conhecemos por meio de um amigo. Ele foi muito generoso, muito disposto e me deu vários livros. Tratou do assunto comigo como um historiador. Ele estuda; ele tem jornais de centenas de anos, assim como as obras de gente que escreveu a respeito."

"Foi fascinante. David tinha uma biblioteca de histórias. Ele me disse: 'Você acha que ouve vozes por três motivos. Primeiro: *você ouve vozes* e você é o que chamam de psicótico, paranoico ou esquizofrênico. Segundo: você finge que ouve para ganhar dinheiro (como um golpista se passando por vidente ou médium, como Polly experimenta na temporada dois). Terceiro: é uma sugestão plantada por outra pessoa.' Polly é influenciada por sugestões numa sessão na temporada dois. O fato de que alguém pudesse abusar dela desta maneira e abusar das vontades, esperanças, sonhos e luto dos outros é horrível."

"Na temporada quatro, Polly começa a viver em um ponto entre a vida e a morte. Ela tem episódios psicóticos que duram semanas e meses. Conforme avança, ela não consegue lidar e se entrega a morfina, cocaína e uísque, vivendo em uma zona crepuscular onde conversa com velhos fantasmas e vive no passado. Também visitei livrarias de ocultismo e conversei com gente sobre o assunto, assim como sobre tradições ciganas."

"Polly tem uma alma tão antiquada que ela acredita nessa coisa toda. Ela conversa com espíritos e ela sente as energias dos outros. Eu acho que todo mundo entende essa ideia porque, mesmo que você não se ache sensível, todo mundo tem sexto sentido. É o motivo elementar pelo qual às vezes entramos num *pub* e reconhecemos duas pessoas: uma com quem vamos nos acertar; a outra faz a gente se sentir esquisita pra caralho e não gostamos. Pode ser uma pessoa legal, mas é uma coisa que vem de dentro. Todo mundo entende essa sensação, todo mundo tem, mas Polly tem isso no último volume."

Polly faz um acordo com Luca Changretta: para ele poupar os sobreviventes da família Shelby e Michael, ela terá que ajudá-lo na *vendetta* contra Tommy. Porém, numa reviravolta inesperada, a união entre Polly e os Changretta é revelada como um estratagema, um complô armado de antemão por Polly e Tommy. (Este detalhe não é comunicado a Michael; ele segue o complô da traição para poupar Polly.) O mafioso aca-

ba fazendo um ataque aos Peaky Blinders quando Bonnie Gold enfrenta Goliath – um boxeador peso-pesado e sobrinho de Alfie Solomons, o gângster londrino e parceiro dos Peaky Blinders. Enquanto a luta está rolando, Arthur é aparentemente assassinado. Quando os Peaky Blinders entram em contato com Al Capone – um rival da gangue nova-iorquina de Luca – a vantagem passa a ser de Birmingham. Os homens restantes de Changretta, nenhum deles com relação de sangue com o cabeça do grupo, trocam de camisa e deixam-no desamparado. Luca encara Tommy. Mas Arthur, depois de fingir a própria morte, surge das sombras para atacar, vingando John com um final sangrento para uma *vendetta* assassina.

Quando você já está morta, é aí que você é livre.

– Polly Gray

Há outra traição a se revelar. Descobre-se que Tommy foi oferecido por Alfie Solomons, que deu à gangue de Luca a oportunidade de atacar os Peaky Blinders durante o embate de pesos pesados entre Bonnie e Goliath. Quando Tommy localiza Alfie, revela-se que ele está morrendo de câncer. Em desespero,

Alfie manda o hesitante Tommy matá-lo, forçando-o a cumprir a ordem ao atirar primeiro. Um tiro de resposta veloz, na cabeça, encerra a história de Alfie em um confronto desolador.

"Steven só decidiu esta cena um dia antes da filmagem", diz David Caffrey. "Nós nem sabíamos que íamos para a praia. No dia seguinte nosso acampamento de produção viajou de Formby a Liverpool. Não tinha nada planejado, mas a equipe técnica foi sensacional. Conseguimos uma grua na praia para filmar os planos altos e amplos de Alfie enquanto Tommy vai embora."

"Tom Hardy e Cillian praticamente trabalharam a cena por conta própria. Foram eles que decidiram puxar as armas e atirar um no outro (quase) ao mesmo tempo. O diálogo era do roteiro, mas um gritando com o outro e puxando as armas? Foram eles que bolaram."

"Meu câmera, Cathal Watters (ASC), captou umas cenas lindas. Ele saiu procurando pela praia inteira até encontrar uma posição que dava para trabalhar. Originalmente eu queria que ficássemos na água, olhando para os dois. Seria muito sugestivo, mas não conseguimos dar conta. A maré havia passado, mas ele encontrou um trecho que nos fez sentir que *estávamos* observando do mar. Foi uma cena que se montou muito rápido e todos tiveram que se esforçar para que rolasse, mas o trabalho duro e o bom raciocínio da equipe deixaram tudo magnífico."

Dançando com o Diabo

Embrenhado na política, terá Tommy Shelby finalmente encontrado seu páreo?

A Temporada Cinco Vista por Dentro

Quando Tommy Shelby, OBE, deputado por South Birmingham, recebe Arthur e Michael no seu gabinete parlamentar para uma reunião de apresentação com seu último contato nos negócios, ele faz um alerta assustador.

"Vocês já conheceram homens do mal. Este que estão prestes a conhecer é o diabo em pessoa."

O personagem em questão é o parlamentar Oswald Mosley (interpretado por Sam Claflin): uma nota de rodapé desagradável na história política britânica como líder da União Britânica de Fascistas.

Visto pela lente de *Peaky Blinders*, Mosley ganha uma persona ainda mais fantasmagórica. Simultaneamente arrogante, malicioso e detestável, em seu primeiro contato com os Shelby ele humilha Michael por seus fracassos nos negócios, desestabiliza Arthur emocionalmente ao zombar de seu casamento desastroso com Linda e faz uma ofensa racial à herança cigana da família. Para garantir a má impressão, ele esmaga um cigarro ainda aceso no tapete com o calcanhar. É o resumo de sua primeira impressão.

"É a minha cena predileta da temporada", diz o diretor da Temporada Cinco, Anthony Byrne. "Você tem um antagonista que não tem gangue (como Tommy), que não anda com uma navalha nem com uma arma de fogo, mas tem um séquito e tem uma ideologia que Tommy não entende. O cara entrar numa sala com Tommy, Arthur e Michael, deixá-los totalmente confusos e ainda sair andando porta afora, mandando todo mundo se foder, é uma coisa extraordinária. Também espelha muito do que se passava (na política), não só no Reino Unido, mas também na Europa da época."

"Antes de filmar esta cena, Sam não interagiu com os outros; os três (Peaky Blinders) estavam no corredor (que era o prédio do Lorde Prefeito em Bradford), e Sam Claflin estava numa sala própria. Ele sentou-se numa cadeira, só para fazer a preparação e ficou quieto, esperando que o chamassem. Sam é uma estrela por si só e um ótimo ator, mas acho que ele teve um novo desafio: interpretar uma pessoa absolutamente detestável. Mas você ainda tem que infundir esse personagem com algum tipo de armação moral, e assisti-lo entrar numa sala com Paul, Finn e Cillian e fazer a cena foi extraordinário."

Puta que pariu, Tommy. Sua ambição não tem limites?

— Aberama Gold

O racha entre Tommy e seu novo adversário político gera um efeito colateral emotivo e sangrento. Tommy pretende fazer uma aliança com Mosley para conseguir informações para o governo britânico. Mas, ao fim da temporada cinco, este ardil vai pender na balança. Durante um final de temporada emocionante, no qual Tommy orquestra um atentado a Mosley enquanto ele palestra no Bingley Hall de Birmingham, seus planos se desfazem em fumaça. Ele perde amigos, aliados e o domínio da sua ascensão política numa sequência de desastres.

"(Certas cenas) foram muito bem coreografadas", diz Anthony Byrne, "tais como o balé (que acontece na mansão de Tommy) e a cena do campo minado no início do episódio dois. Aquela estava no *storyboard* e ficou uns 75% fiel (aos desenhos). Mas em Bingley Hall não tinha *storyboard* porque havia muita coisa acontecendo na sequência em uma filmagem de três dias, que não é muito tempo quando se tem tanta geografia a firmar, com tantos personagens em pontos diferentes. Então eu fiz a lista de *takes* de toda a sequência e aí nos separamos efetivamente em três unidades – foi um empreendimento imenso para nós, em todos os níveis, e planejamos com exagero de detalhes. Quando finalmente vimos a sequência finalizada, valeu o tempo e o planejamento intenso que se teve para conseguir."

Estas batalhas são escaramuças menores comparadas ao tumulto emocional de Tommy. Ao final da temporada quatro, ele consegue despachar a violenta família Changretta; na temporada cinco ele se vê lutando em todas as frentes. Mosley pode representar o mais novo inimigo moral do seriado, mas também há desafios internos: quando Michael, voltando da América após uma desastrosa aposta nos negócios na véspera do *Crash* de Wall Street, sugere uma sacudida no "conselho diretor" dos Peaky Blinders. Com apoio de sua esposa Gina (interpretada por Anya Taylor-Joy), ele pretende ampliar o tráfico de ópio para entrar a fundo nos EUA. Mas há um porém.

"Os americanos não querem tratar com uma gangue de ruela britânica com navalha na mão", Michael diz à família. "Essa época passou."

Tommy rejeita com raiva a proposta comercial de Michael. "Quando eles se conheceram", diz Steven Knight, "Michael era um garoto de um vilarejo bucólico com a vida traçada – ele provavelmente seria o chefe dos correios ou

aponta uma arma para o marido, mas Polly atira primeiro, deixando uma bala no braço da esposa sofrida. Mais tarde, Arthur implora ao irmão para considerar a oferta de Michael a fim de que eles possam ter uma vida normal.

Mas Tommy também é perseguido por forças emotivas. À noite, ele sonha com gatos pretos – segundo a superstição cigana, um sinal de que alguém pretende tomar seu cargo. Depois de matar Micky, o *barman* do Garrison que ele suspeita ter vazado informações dos Peaky Blinders para a Força Voluntária de Ulster, seus dedos ficam tremendo. "Puta que pariu!", ele berra. "Tremendo como as mãos de um homem comum". Durante seus períodos mais sombrios, ele chega a receber a visita do espírito de Grace, que o convida a encontrá-la no além.

Não, eu não sou Deus. Ainda não.

— Tommy Shelby

coisa assim, e viveria meio entediado da vida. Tommy entra em cena, traz Michael para a família e faz ele embarcar numa nova jornada. Mas ele é um monstro, um monstro que Tommy criou, além de ser filho de Polly. Então você fica com a ideia do usurpador, do pretendente ao trono e sucessor do rei – ideias shakespeareanas lindas que eu consegui encaixar porque Cillian e Finn são atores sensacionais. Tratamos disso mais a fundo na temporada seis."

Sem Escapatória

Arthur, nesse meio tempo, cada vez mais sai dos eixos. O ópio e o álcool deixam-no mais apartado de qualquer noção de moralidade, e ele mutila Frederick, um amigo quacre de Linda com quem ele supõe (erroneamente) que ela está tendo um caso. Linda, mais à frente,

"O que eu sempre quis foi que Grace representasse a possibilidade de que Tommy podia cair fora, que ele podia ter escapado", diz Anthony Byrne. "Ela podia tê-lo salvado dessa vida, mas foi morta por uma bala que devia ter chegado nele. É isso que assombra Tommy. Conforme sua mente se deteriora, ele trata o sobrenatural como algo real, em vez de imaginado. Em outro nível, porém, Grace está falando com ele, está convidando-o a unir-se a ela, e eu queria deixar isso o mais real possível na narrativa. Não é só ele que está alucinando."

A última cena da temporada cinco é provavelmente uma das mais desoladas de todo o seriado. Com seus planos em frangalhos, os amigos assassinados e Mosley à solta para conduzir sua política malévola e sinistra, Tommy resmunga de forma sombria a respeito do "homem que não consigo derrotar". Arthur está perturbado e assustado com a paranoia do irmão. Ao entrar no terreno de sua casa, Tommy pressiona um revólver contra sua têmpora e grita aos céus. Não houve nenhuma escapada triunfal apesar de tudo estar contra ele, como se viu em arcos pregressos. Em vez disso, resta apenas uma pergunta preocupante: Tommy Shelby finalmente foi superado?

"Foi um final estilo *Império Contra-Ataca*", diz Anthony Byrne. "É ótimo você ver um personagem que ama não sair de vencedor. É um final muito forte. Encerrar assim foi um soco no estômago. Eu achei uma grande sacada e que o Cillian mandou bem pra cacete."

"Ele estava ansioso para voltar ao personagem de Tommy Shelby e a sua psique (na temporada cinco) e eu estava muito interessado em ir a fundo na mecânica do que compõe Tommy, do que o motiva. Em termos psicológicos, foi uma coisa muito interessante de se explorar. A temporada quatro tinha os gângsteres italianos e tiroteios e essas coisas; a temporada cinco se baseou num tom mais sombrio. Havia uma classe política que estava entrando em jogo que era do meu interesse, assim como as trevas da alma

de Tommy Shelby. Basicamente, o que ele perde toda vez que embarca numa (missão)? O que sobra do homem? Foi muito, muito gratificante. Vai ser muito empolgante ver tudo se juntar na próxima temporada."

Pesquisando Oswald Mosley

STEVEN KNIGHT: Pesquisei os discursos de Oswald Mosley e achei inacreditáveis. Em todos ele fala da imprensa, da imprensa judia, e de como mentiam. Seu *slogan* era "Grã-Bretanha em Primeiro Lugar", igual a "América em Primeiro Lugar". A linguagem que usavam, o jeito como ele falava… era o Trump! Quando eu vi pela primeira vez, não conseguia acreditar. Eu pensei: "Ninguém vai acreditar. Vão achar que sou eu com mão pesada para ele parecer contemporâneo."

O que eu quis fazer na temporada, do início ao fim, foi deixar referência a fatos que mudaram a Grã-Bretanha entre as duas guerras mundiais. No início, *Peaky Blinders* tratava dos homens que voltavam da Primeira Guerra e do movimento de emancipação feminina; na segunda temporada nós focamos na preparação para a revolução potencial e a greve geral – que fizemos bem, sem pesar a mão. Na temporada cinco, o seriado cobre a ascensão do fascismo. Mais tarde veremos como o fascismo se transforma na Segunda Guerra Mundial.

Ter alguém como Mosley na trama nos dá um pouco de realidade – o que aconteceu de verdade costuma ser mais bizarro e inesperado do que eu poderia ter bolado na minha cabeça. O histórico inteiro de Mosley é uma coisa que

---

6. Nascida em uma família aristocrática inglesa, Diana (1910-2003) notabilizou-se junto às Irmãs Mitford, famosas pelas carreiras como escritoras, por afiliações políticas entre o comunismo e o fascismo, e por casamentos com figuras do *establishment* inglês. [N.T.]

parece fora da realidade: ele era um deputado trabalhista radical que virou independente, que virou fascista, que depois se casou com Diana Mitford[6]. Foi uma loucura! Eu abri o livro de história e disse: "Isso que é trama!"

A ideia era que Tommy, desde o início, é totalmente amoral. Então ele se depara com uma coisa que não tem como aceitar (em Mosley e no fascismo) e isso desperta nele uma espécie de revitalização moral. Para isso acontecer, tinha que ser algo grande e terrível. Mosley é o pior dos inimigos.

Acima: *O diretor Anthony Byrne no set da Temporada Cinco.*

A Música de Anna Calvi

ANTHONY BYRNE: Sabendo que íamos entrar fundo na psique de Tommy, eu quis usar a música de Anna Calvi: ela no violão e seu vocal seriam a voz de Tommy. Por isso me apoiei mais no filme em termos de trilha, composta por Anna, para destacar o coração do homem. Fui muito frugal nas minhas opções de música comprada.

Anna Calvi deu algo de feminino a Tommy Shelby – algo que não se costuma pensar sobre o personagem. Mas mulheres costumam ser as motivadoras por trás de suas ações, seja a perda da mãe, a perda de Grace, o conflito na sua relação com Lizzie, o amor pela filha Ruby ou sua relação com Polly. Há muitas mulheres por trás da fachada de Tommy.

Peaky Blinders: E Depois?

Um epílogo por Steven Knight, criador e roteirista.

Os fãs do seriado devem esperar o inesperado durante a temporada seis de *Peaky Blinders* – em vários sentidos. As surpresas serão chocantes; o que eu sempre tentei fazer foi criar conjunturas em que tudo fique o mesmo, mas que seja diferente. Ou seja, os personagens são os mesmos seres humanos, mas passam por situações diferentes. Como sempre acontece em *Peaky Blinders*, os riscos são cada vez mais altos e isso vai continuar.

Os personagens vão agir em um ambiente onde suas decisões têm peso. O ano é 1934, e os Shelby estão numa situação em que têm como controlar seu entorno com mais facilidade. Mas a pergunta é: eles conseguem se controlar? Há uma fala que é dita a Ada na temporada cinco que eu gosto: "Você pode mudar o que faz, mas não pode mudar o que quer."

A frase diz muito a respeito das histórias de cada personagem na sexta e última temporada. Eles podem mudar o jeito como agem, eles podem se comportar, mas eles vão querer a mesma coisa de antes. O seriado explora as tensões que isso pode causar. Por exemplo: com Arthur, ópio e álcool só revelam quem ele é e não há nada que ele possa fazer. Um dos temas principais da temporada seis é como as pessoas tentam encontrar maneiras de controlar quem são e como nasceram.

Já no início eu queria tratar da possibilidade de que alguém com as origens de Tommy ganhasse respeito geral sem que ele fosse aceito de fato – e questionar se ele pode mudar de fato. Porque a outra grande pergunta da temporada seis é a seguinte: você tem como escapar de onde veio? Na Inglaterra, em especial, você nasce de um jeito e sempre será aquela pessoa, independentemente de quanto sucesso tiver. O próprio Tommy trata dessas ideias e em certos momentos ele acredita que existe escapatória. É isso que eu sempre quis: levá-lo até o ápice e ver se ele está mesmo no ápice ou se ele é sempre visto como farsante.

O seriado ganhou vida própria – é um mundo só seu, e isso é fantástico.

– Steven Knight

Os personagens ainda me surpreendem. Creio que Arthur se permitiu destruir por dentro. Ada tornou-se a sensata: no início ela era a comunista sonhadora, agora não é nada disso. Todos eles deram guinadas que eu não previa.

O elemento político do seriado (fora Ada) na Temporada Seis é muito diferente do que se tinha nas temporadas um e dois: de repente, Tommy virou político. Eu sei que parece forçado, mas, quando você confere a história e certas figuras históricas – o patriarca Joseph P. Kennedy, por exemplo –, há um caminho que é muito trilhado no mundo inteiro e que vai do gangsterismo ao cargo de político renomado. Eu acabei de inserir isso no *mix* do que Tommy pode ser. Eu tento escrever de um jeito que deixa isso acontecer; não preciso planejar. Aliás, nunca escrevo com planejamento.

A jornada e o sucesso de *Peaky Blinders* foram um choque total e que ainda me assombra: o alcance que o seriado tem, o público apaixonado, as mensagens que eu recebo dos fãs. É global. Ninguém esperava que fosse assim, muito menos eu. Entrou na cultura e afetou como as pessoas se vestem, como cortam o cabelo, como fazem farra. É a maior honra ver alguém cortando o cabelo de tal jeito por causa de algo que você criou.

E eu vejo isso apenas como o começo. Eu acho que o mundo de *Peaky Blinders* vai continuar. Todo mundo está falando do filme – que nós vamos fazer – e, a partir daí, veremos onde vai dar. Veremos com o que continuamos conforme a ampulheta escorre e entramos na Segunda Guerra Mundial.

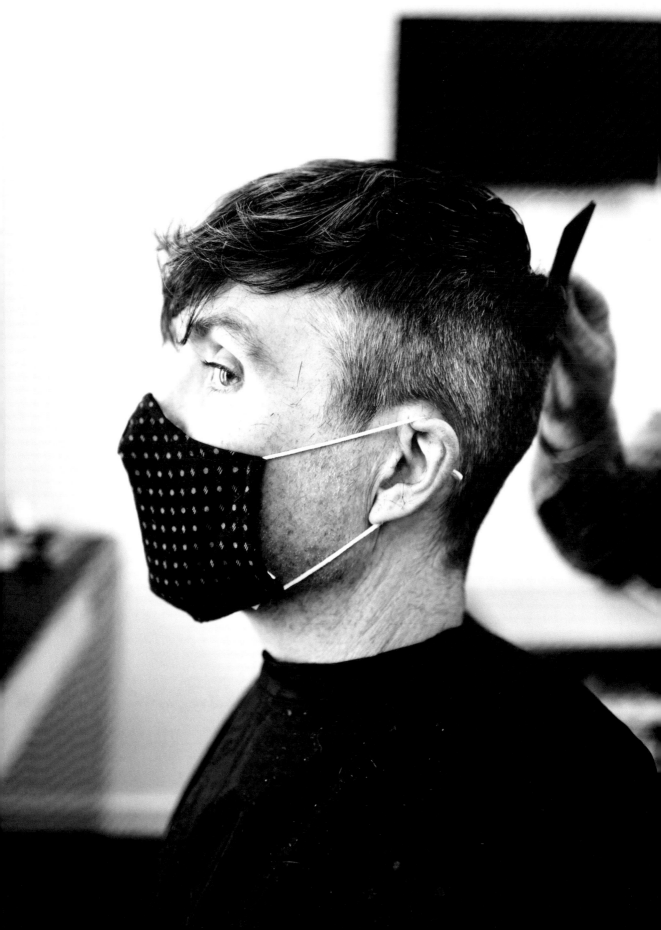

Esta edição revisada foi publicada na Grã-Bretanha em 2021.
Publicado originalmente na Grã-Bretanha em 2019 por Michael O'Mara Books Limited
Peaky Blinders™ © 2021 Caryn Mandabach Productions Limited
Peaky Blinders é uma marca registrada de Caryn Mandabach Productions Limited.
Licenciada por Endemol Shine Group.
Copyright desta edição: © 2022 Culturama Editora e Distribuidora Ltda.
Rua Vico Costa, 54, Cidade Nova
Caxias do Sul - RS - 95112-095
sac@culturama.com.br
www.culturama.com.br
(54) 3027.3827

Diretor-geral: Fabio Hoffmann
Gerente estratégica: Juliana Corso Thomaz
Gerente editorial: Naihobi Steinmetz Rodrigues
Editora: Sabrina Didoné

Tradução: Érico Assis
Design: www.us-now.com
Adaptação de projeto gráfico: Studio Patinhas
Revisão: Breno Beneducci

Fotos © Caryn Mandabach Productions Limited.
Fotografias por Robert Viglasky, Matt Squires e Anthony Byrne.
Algumas fotos dos bastidores foram tiradas pela equipe.
Créditos de imagens selecionadas: Página 8: John Loveridge;
Página 10 © Brian McDonald, autor de Gangs of London; Página 11: West Midlands Museum.

Todos os esforços possíveis foram feitos para reconhecer todos os detentores de direitos autorais.
Quaisquer erros ou omissões que possam ter ocorrido são inadvertidos, e qualquer pessoa
com qualquer dúvida sobre direitos autorais é convidada a escrever para o editor, para que um
reconhecimento completo possa ser incluído nas edições subsequentes deste trabalho.

Dados Internacionais de Catalogação na Publicação (CIP)
(Câmara Brasileira do Livro, SP, Brasil)

Allen, Matt
    Por ordem dos Peaky Blinders / por Matt Allen; introdução
de Steven Knight ; [tradução Érico Assis]. -- Caxias do Sul, RS:
Culturama, 2022.

    Título original: By order of the Peaky Blinders
    ISBN 978-65-5524-610-0

    1. Peaky Blinders (programa de televisão) - Miscelânea
2. Programa de televisão   3. Televisão - Seriados   I. Knight,
Steven. II. Título.

                                    CDD-791.4572

Índice para catálogo sistemático:
1. Peaky Blinders: Série: Programa de televisão 791.4572
Maria Alice Ferreira - Bibliotecária - CRB-8/7964

Grafia atualizada seguindo o novo Acordo Ortográfico da Língua Portuguesa.
Todos os direitos reservados. É proibido copiar, armazenar, distribuir, transmitir, reproduzir ou de qualquer outra
forma disponibilizar este livro (ou parte dele) em qualquer que seja o formato ou meio (eletrônico, digital, óptico,
mecânico, por fotocópia, por gravação ou outro), sem a autorização prévia por escrito do editor. Qualquer pessoa
que perpetre algum ato não autorizado em relação a este livro estará sujeita a ações civis e criminais.